Hans Capadrutt · ERINNERUNGEN

AF280009

Der Mann muß hinaus
Ins feindliche Leben,
Muß wirken und streben
Und pflanzen und schaffen,
Erlisten, erraffen,
Muß wetten und wagen,
Das Glück zu erjagen.

Aus: «Das Lied von der Glocke» von Friedrich Schiller

Hans Capadrutt

VOM BAUERNBUB ZUM JÜNGER GUTENBERGS

Inhalt

Vorwort

Es freut mich, dass mein erstes Buch «Ein Bergbauernbub am Heinzenberg» auf recht viel Anklang gestossen ist, ja mehrere Leser sogar begeistert hat.

In meinem zweiten Buch geht es in die Schriftsetzer-Lehre, wo mehrere – für Laien wahrscheinlich schwer zu verstehende – Fachbegriffe vorkommen, die berufsbedingt jedoch nicht zu vermeiden waren.

Berufliche und private Erlebnisse wechseln sich ab. Nach der Lehre – in der es einige Probleme zu bewältigen gab – ging es hinaus in die Welt. Auf fremde «Inseln», auf denen andere Regeln galten als auf der «Heimat-Insel».

Der ehemalige Bergbauernbub war ein junger Mann geworden, der so schnell als möglich auf eigenen Füssen stehen wollte. Als Geselle stand er im Beruf auf der untersten Sprosse der Leiter. Und auch privat musste er ganz neu beginnen. Niemand stand – wie beim Schüler-Skirennen in Präz – im Zielraum und applaudierte bei seiner Ankunft in der Stadt.

Es ist wieder ein sehr persönliches Buch. Meine Erinnerungen kommen so daher, wie ich sie von 1966 bis ca. 1978 erlebt, empfunden und gefühlt habe. Offen und – wie mir jemand gesagt hat – vielleicht etwas (zu) direkt. Trotzdem hoffe ich, dass auch dieses Buch es wert ist, gelesen zu werden.

Domat/Ems, August 2023

WEICHENSTELLUNG

BERUFSWAHL

Als ich fünfzehn war, machten sich meine Eltern langsam Gedanken, was aus ihrem Zweitältesten einmal werden sollte. Dass ich mich nicht als Bauer eignete, war allen klar. Dazu war ich zu wenig praktisch veranlagt.

Im Sommer nach meinem zwölften Geburtstag geschah etwas, das ich nicht einordnen konnte. Eines Tages wachte ich auf und sah alles in einem neuen Licht. Mich, meine Eltern und Brüder, die Nachbarn, die Tiere und die Weiden. Die ganze kleine Welt um mich herum.

Es war ein schönes Erlebnis. Ich dachte lange darüber nach und kam zum Schluss, dass es etwas mit dem Älterwerden zu tun haben könnte. Was bedeuten würde, dass auch Papa, Mama, Öhi Balza und die anderen Erwachsenen mit zwölf Jahren etwas Ähnliches erlebt haben mussten.

Eines Abends, als ich mit Mama von der Wiese heimzua laufe, sage ich deshalb: «Gäll, mit zwölf erläbt ma am meischta!»
Voller Vertrauen, dass sie das bestätigen und mich damit ein Stück weit auf dem Weg in der Erwachsenenwelt willkommen heissen wird. Doch das tut sie nicht.
«Varzell nit so a Quatsch!», sagt sie heftig, lässt mich stehen und läuft voraus ins Dorf.

Es dauerte eine Weile, bis ich begriff, dass Mama mein Erlebnis also nicht gehabt hatte und wahrscheinlich auch alle anderen Erwachsenen in meiner Umgebung nicht.

Das beschäftigte mich.

Ich fragte mich, mit wem ich hätte reden können. Doch weil ich jeden Tag sah, dass es – ausser der täglichen Arbeit – kein Thema gab, über das gesprochen wurde, beschloss ich, meine Erfahrung für mich zu behalten.

Etwa zur gleichen Zeit hatte ich einen Traum. Ich sah einen alten Mann mit langem, weissem Bart. Er war an seinem Lebensende angelangt, hatte es geschafft, bis zum Ende durchzuhalten.

Als ich mich in diesem Mann wiedererkannte, durchflutete mich eine ungeheure Erleichterung.

Heute denke ich, dass das Lied «YOU RAISE ME UP» am ehesten ausdrückt, was ich damals empfunden habe:

You raise me up, so I can stand on mountains,
Yor raise me up to walk on stormy seas,
I am strong when I am on your shoulders
You raise me up to more then I can be.

Als ich fünfzehn war, machte ich an einem wunderschönen Sommersonntagmorgen einen Spaziergang durch *Danlarasch*. Ich kam an der Lärche vorbei, an der ich vor einiger Zeit beim Hüten ein Gesicht in die Rinde geschnitzt hatte.

Eine Weile betrachtete ich mein Werk. Es war verwittert, aber immer noch gut zu erkennen. Ich strich über die harte Rinde, befühlte die Formen, erinnerte mich, wie ich zum Schnitzen gekommen war.

Es war in der Sekundarschule, wo wir eines Tages die Aufgabe bekamen, Gips mit Wasser zu mischen und die Masse in eine Form zu giessen. Nachdem das Gemisch getrocknet war, sollten wir ein Gesicht in den Gips schnitzen.

Ich lege los, arbeite mit Begeisterung, schneide immer tiefer und modelliere jedes Detail heraus.
Als ich fertig bin schaut mich ein ernstes Gesicht an, eine Maske mit tiefen Stirnfalten, ausgeprägten Lippen und hervorstehenden Wangen.
Der Lehrer ist begeistert. Alle anderen haben nur die Oberfläche geritzt. Sie stehen um mich herum und bestaunen meine Arbeit.

Weiter vorn in *Danlarasch* stand eine Lärche, in die ich auch noch etwas hineingeschnitzt hatte. Eine Figur mit Armen und Beinen. Und zwar hatte ich nur die vorhandenen Formen der ausgeprägten Rinde ausgearbeitet, die Grundform hatte die Lärche selbst geschaffen.

Nachdem ich auch dieses Werk berührt und begutachtet hatte, lief ich auf dem Waldweg weiter. Auf einem kleinen Hügel setzte ich mich und schaute ins Nachbardorf hinunter.

Rundum Ruhe, Stille, Frieden ... Eine Biene summt an mir vorbei, Vögel zwitschern ... Nach einer Weile gleite ich in einen Zustand, den ich schon einmal erlebt habe. An einem Nachmittag beim Viehhüten, als ich lange allein in der Sonne zwischen dürrem Farn auf der Weide lag.
Die Zeit scheint still zu stehen. Keine Gedanken. Ich bin eins mit mir und der Natur rundum.
Dann läuten die Kirchenglocken. Ihr Ton dringt in mich, verstärkt noch den tiefen Frieden, führt mich aber auch sanft auf den Boden der Realität zurück.

Ich spüre meine Beine wieder, sehe die Lärchen, das Gras um mich herum. Langsam, wie ein alter Mann, stehe ich auf und laufe den Weg durch Danlarasch zurück nach Hause.

Nach meinem Erlebnis mit zwölf dachte ich, dass ich Pfarrer oder vielleicht Lehrer werden könnte. Doch nach drei Jahren Sekundarschule war meine Vision verflogen. Ich hatte meine Ansprüche heruntergeschraubt. Ich wollte nicht hoch hinaus, wollte etwas ganz Einfaches machen.

Ich dachte daran, zur Post zu gehen, weil der Mann meiner Tanta Bertali in Chur Briefträger war. Oder vielleicht zur Bahn. Dort hätte ich eine Uniform gehabt, hinter einem Schalter stehen und freundlich zu den Leuten sein können.

Doch weil ich auch eine soziale Ader habe, zog ich noch den Beruf des Krankenpflegers in Betracht.

Als Mama das erfuhr, sagte sie: «De muasch denn abar da Lüt ds Füdli putza!»

Danach war dieser Beruf für mich erledigt. Die Tätigkeit, die Mama erwähnte, ging für mich in die gleiche Richtung wie Schweinestall- und Schweinefettgeruch nach der Metzgete.

Als ich Papa meine Berufswünsche mitteilte, fragte er: «Bisch uf dar Suachi nach liachta Prüaf?»

Das war nicht das, was ich hören wollte. Doch seine Frage biss mich. Ich fühlte mich herausgefordert. Etwas in mir wusste, dass er recht hatte. Ich erinnerte mich, was der Aushilfslehrer in der Sekundarschule, Otto Flisch, gesagt hatte: «Entwedar bisch fuul odar tumm. Tumm glaub i nit, dass bisch. Also bisch fuul!»

Faul wollte ich nicht sein. Doch, was sollte ich denn lernen wollen? Was stellte sich Papa vor? Er sagte, dass ich erst einmal zum Berufsberater solle.

Eines Tages im Februar sass ich dann im Postauto nach Thusis. Nach einigem Suchen fand ich das Schulhaus und auch das Zimmer des Berufsberaters.

Dass man anklopft, bevor man einen fremden Raum betritt, wusste ich nicht. Also öffnete ich einfach die Tür und polterte mit meinen schweren Winterschuhen ins Zimmer. Alle Berufssuchenden in den Bänken drehten sich um und grinsten. Ich genierte mich furchtbar wegen meines plumpen Auftretens.

Der Berufsberater rief mich freundlich zu sich, und ich durfte mich setzen. Was dann alles besprochen wurde, weiss ich nicht mehr. Es gab einen allgemeinen Teil für alle und danach eine Einzelberatung.

Herr Bearth machte verschiedene Tests. Abschliessend sagte er, dass ich für die Berufe Goldschmied, Uhrenmacher und/oder Schriftsetzer infrage käme.

Von Goldschmied und Uhrenmacher hatte ich schon gehört und glaubte auch zu wissen, was die machten. Vor allem das Erstere sprach mich an, weil ich in der Schule besonders gut in den kreativen Fächern war. Vom letzten der drei Berufe hatte ich noch nie etwas gehört. Doch das Wort Schrift brachte etwas in mir zum Klingeln.

Als Herr Bearth dann sagte, dass in der Druckerei in Thusis eine Lehrstelle für einen Schriftsetzerlehrlig frei sei, spürte ich, dass für mich eine Weiche gestellt worden war.

Der Berufsberater schlug vor, einen Termin abzumachen und einmal hineinzuschauen. Dann würde ich schnell sehen, ob dieser Beruf etwas für mich wäre.

Eine Woche später fuhr ich in Begleitung von Mama nach Thusis zur Druckerei Werner Roth AG.

Besuch in der Druckerei

Etwas aufgeregt war ich schon, weil ich nicht wusste, was mich erwartete. Es war fast wie heute bei einem Blind Date, wo man hofft, jemand ganz Besonderes zu treffen, gleichzeitig aber auch Angst hat, dass man der Person nicht gefallen könnte.

Mama und ich wurden freundlich empfangen und in die Setzerei geführt. Dort begrüsste uns ein jüngerer Berufsmann, der sehr kompetent zu sein schien. Sein Kollege, ein kleiner, rundlicher Mann mit Brille und schwarzen Haaren, erinnerte mich an Sancho Panza, den Diener von Don Quijote.

Nach einer Weile betrat ein kleiner, älterer Mann mit sehr kurz geschnittenen weissen Haaren den Raum. Er sprach ein zackiges Hochdeutsch und sagte, er sei der Maschinensetzer.

Also ein anderer Setzer, einer an einer Maschine, dachte ich. Doch was für eine Maschine? Das wusste ich noch nicht.

Im Raum, in dem die Schriftsetzer arbeiteten, standen mehrere längliche Regale. Da drauf standen, schräg aufgestellt, einzelne Holzkästen, die in viele kleine Fächer unterteilt waren. Jedes Fach war gefüllt mit dünnen und dickeren metallenen Stäbchen.

Man hielt mir so ein Ding vor die Augen und sagte, das sei ein Bleibuchstabe, auch Letter genannt. Ich schaute Mama an, sie mich. Sie verstand gar nichts, ich nur wenig mehr. Immerhin konnte ich auf dem Stäbchen einen Buchstaben erkennen, der auf dem Kopf stand, wie mir schien. Das müsse so sein, sagte man. Die Buchstaben würden spiegelverkehrt gegossen, damit sie beim Druck wieder seitenrichtig aufs Papier kämen.

Der Inhaber der Druckerei führt uns durch einen Gang und eine Treppe hinunter in den Drucksaal. Dort stehen grosse, schwarze, metallene Maschinen, die – wie mein Neni gesagt hätte – viel Canera machen.
Als Mama den Lärm erwähnt, ruft der Chef: «Nei, nei! Das isch kei Lärm! Das isch Musik in mina Ohra!»
Ich schaue ihn erstaunt an. Seine Augen strahlen aus, was er sagt. Er liebt den Lärm seiner Druckmaschinen wirklich.
Bei der grössten Maschine steht ein Mann mit blonden Haaren in einem blauen Übergwändli. Er eilt hin und her, betätigt irgendwelche Hebel, greift in die Druckmaschine und zieht ein grosses Blatt Papier heraus, das er vors Gesicht hält und angestrengt begutachtet.
Das Pöschtli werde gerade gedruckt, sagt Herr Roth, und das sei ein Bogen davon.

Ich sah, wie Mama ihre Augen durch den Raum mit den donnernden, rumpelnden Maschinen schweifen liess. Wie sie versuchte, zu verstehen, sich Gedanken machte. Sich wahrscheinlich fragte, in was für eine Welt ihr Bub da hineingeraten würde.

Hier gab es keine Wiesen, keine Tiere, keinen Stall. Nichts, was auch nur annähernd mit einem Bauernhof Ähnlichkeit hatte.

Und in der Satzabteilung, wo ich die Lehre machen sollte, war noch weniger von dem zu erkennen, was für sie und die Bauern im Allgemeinen, die einzig wirkliche Arbeit war.

Konnte das gut gehen?

Eignungsprüfung

Herr Roth erklärte sich einverstanden, mich als Lehrling in seinem Betrieb auszubilden. Vorher musste ich jedoch noch eine Eignungsprüfung bestehen. Durchgeführt von Experten der Prüfungskommission des schweizerischen Buchdruckverbandes.

Am Samstag, 26. Februar 1966, nahm mich Uli Lareida in seinem Lastwagen mit nach Chur und liess mich kurz vor acht Uhr vor dem Grabenschulhaus aussteigen.

Auf der Bank davor sass bereits ein Prüfling. Gieri hatte rote Haare, sanfte braune Augen und kam aus Disentis. Er war mir sofort sympathisch.

Wir stiegen die paar Stufen hinauf ins Schulhaus. Der Experte hiess uns willkommen, wollte unsere Namen wissen, verglich sie mit denen auf dem Anmeldeformular und war zufrieden. Wir setzten uns, jeder in eine andere Bank, und die Prüfung begann.

Geprüft wurde die Muttersprache in Form von Aufsatz, Diktat, Sprachlehre und Sprachgefühl. Rechnen und Französisch mündlich und schriftlich. Gedächtnis, Kombinationsgabe, Tastgefühl und Handfertigkeit.

Nach zwei Stunden erhielten Gieri und ich die Bestätigung für das Bestehen der Eignungsprüfung. Der Experte verabschiedete uns mit guten Wünschen und einem besonders kräftigen Händedruck.

Gieri und ich standen noch eine Weile vor dem Schulhaus. Was würde uns die Zukunft bringen?

IN DER LEHRE

DER ANFANG

Am Morgen des 18. April 1966 fuhr ich mit dem Postauto nach Thusis und betrat zum zweiten Mal die Setzerei der Buchdruckerei Werner Roth. Bereit, mich vier Jahre lang in der «hochedlen Buchdruckerkunst» zum Jünger Gutenbergs ausbilden zu lassen.

Aller Anfang ist schwer, sagt man. Und so war es auch bei mir. Als Schriftsetzer arbeitete man stundenlang stehend am Satzregal. Das war ungewohnt und anstrengend.

Auf der metallenen Regalplatte vor mir liegt ein Haufen Messinglinien. Von Druckfarbe verschmutzt und verklebt. Die muss ich sauber machen. Mit einem Lappen und Benzin aus einer Plastikflasche. Vom Morgen bis am Abend. Zwei Wochen lang.

Die Messinglinien wurden gebraucht, um im Bleisatz Linien zu setzen. Vor allem bei Tabellen. Die feinsten Linien 0.1 Punkt, die ganz dicken für Plakate 12 Punkt oder mehr.

Im Satz wurde mit Cicero und Punkt gerechnet und gearbeitet. Ein Zwölfersystem, das über die Jahrhunderte seit der Erfindung der Buchdruckerkunst durch Johannes Gensfleisch zum Gutenberg um das Jahr 1440 beibehalten wurde. Bis in die Achtzigerjahre, als der Bleisatz vom Fotosatz abgelöst wurde.

Man erklärte mir, dass ein Cicero zwölf Punkte habe und dass acht Punkte etwa 3 mm wären. Mehr musste ich vorerst nicht wissen. Auf jeden Fall nicht, solange ich nur Linien reinigte.

In diesen zwei Wochen hatte ich wegen der rein mechanischen Tätigkeit viel Zeit zum Träumen. In Gedanken reiste ich zurück nach Pranzolas, wo ich vor einem Jahr mit meinem Bruder noch das Vieh gehütet hatte. Ich hörte das Geläute der Schellen auf der Weide, spürte den Wind und dachte an die Arbeit im Stall.

Auch das war hart gewesen. Jeden Morgen den Mist mit der schweren Holzkarette zum Stall hinaus und auf den Miststock stossen. Dort umkippen, mit der leeren Karette zurück und nochmals laden. So lange, bis der Stall sauber war.

Dann sah ich mich auf dem Feld arbeiten. Die Sonne brannte, die Brämen stachen. Ich fühlte mich schwach und matt, hatte Durst. Doch es war noch lange nicht Mittag. Ich musste durchhalten.

Während ich in Gedanken war, merkte ich langsam, dass mein Ausbildner und sein kleiner Kollege das Heu meist nicht «auf der gleichen Bühne» hatten.

Sancho kam aus Rona im Oberhalbstein. Mein Ausbildner war in Trun aufgewachsen, in der Surselva, im Bündner Oberland. Beide sprachen Romanisch, doch jeder ein anderes. Und beide ein anderes, als meine Bäsi Anna mich in der Scoletta gelehrt hatte. Auch katholisch waren beide. Doch der eine hatte sich von der Religion abgewandt und sagte, er sei Atheist. Der andere hingegen war ein tiefgläubiger Katholik und würde auch nie etwas anderes sein wollen.

Der Atheist machte sich manchmal über den katholischen Glauben lustig. Sein Kollege reklamierte dann lautstark und tigerte aufgebracht in der engen Gasse zwischen den Satzregalen hin und her.

Ich stand, mit der mit Benzin gefüllten Plastikflasche und einem Putzlappen, zwischen den beiden Kontrahenten und versuchte zu begreifen, wegen was sie sich stritten und warum.

Ich wusste nicht, was ein Atheist war. Dieses Wort hatte ich noch nie gehört. Weder in der Schule noch im Religionsunterricht und auch nicht von Papa oder Bäsi Anna.

Deshalb beschloss ich, mich auf meine Arbeit zu konzentrieren und putzte weiterhin jeden Tag fleissig meine Messinglinien.

Mit der Zeit wurde diese Tätigkeit zu einem mechanischen Vorgang, den ich fast gerne machte, weil er mir so viel Gedankenfreiheit liess.

Als Herr Nay nach zwei Wochen sagte, jetzt würde der Ernst der Ausbildung beginnen, hätte es mich nicht gestört, wenn ich noch länger hätte Linien sauber machen müssen.

Der «Glatte Satz» war einer der wichtigsten Bereiche in der praktischen Prüfung. Nach Manuskriptvorgabe mussten die Bleibuchstaben so schnell als möglich mit Daumen und Zeigefinger aus den kleinen Buchstabenfächern zwischen A–Z – Grossbuchstaben und Kleinbuchstaben, Zahlen und Sonderzeichen in je einem separaten Fach – gefischt und in den Winkelhaken gesetzt werden. Mit «Blindmaterial» wurden die Wortabstände eingefügt und die Zeile satt auf die vorgegebene Breite «ausgeschlossen».

Die Benotung richtete sich nach der Anzahl der Buchstaben inklusive Wortabstände, die in der vorgegebenen Zeit gesetzt worden waren. Und natürlich sollte man keine oder möglichst wenig Fehler machen. Ein Fehler gab je nach «Schwere» einen Notenabzug von 0.1 bis 0.5 Punkt.

Wenn eine Zeile im Winkelhaken ausgeschlossen war, kam die nächste dran. Um die Zeile besser führen zu können, gab es eine

Winkelhaken mit zwei fertig ausgeschlossenen Zeilen.

18

Hans Capadrutt   2. April 1970

abcdefghijklmnopqrstuvwxyzabcdefghijklmnopqrstuvwxyz

Ein heller Jauchzer endete das Lied. Das Knacken brechender Äste ließ sich im Walde vernehmen, gedämpfter Hufschlag näherte sich, und zwischen den Bäumen erschien der Rappe, der Wazemanns Tochter trug. Von der Trense des Pferdes troff der Schaum, und in heißen Flocken hing der Schweiß an Hals und Flanken; eine braune Bärendecke mit niederbaumelnden Tatzen verhüllte den Sattel, auf dem die Reiterin ruhte; auf der einen Seite hing die Beute des Morgens, der Bartgeier, mit verwirrtem Gefieder und schwankenden Flügeln vom Sattelknopf herab, auf der andern Seite stak in einem ledernen Köcher der kurze dickbesehnte Stahlbogen mit den gefiederten Pfeilen. In Falten floß das graue Wollkleid, das schmucklos die stolze schöne Gestalt umschmiegte, bis auf den Schuh hinab, an dem der silberne Stachel blitzte. Ein kleines grünes Käpplein mit einem Büschel weißer Reiherfedern bedeckte den Scheitel und verschwand fast unter dem üppigen Gelock des rotschimmernden Haars. Blätter und kleine Reiser hingen im Haar verstrickt, und das unhöfliche Gezweig des Waldes hatte dünne rote Linien auf die halbentblößten Arme gezeichnet. Auch über die eine Wange ging ein roter Strich, wie mit einer Nadel gerissen; doch er störte nicht die Schönheit des Gesichtes, sondern erhöhte nur den kühnen Ausdruck dieser Züge und stimmte gut zu diesem trotzigen Mund und den dunkel blitzenden Augen. Eberwein erhob sich und blickte halb verwirrt und halb in unmutiger Strenge auf das schöne

Mein «Glatter Satz» an der Abschlussprüfung: Eine Stunde, 1456 «Anschläge» mit zwei kleinen Fehlern, Note 5.5.

«Setzleiste» aus Messing, die links und rechts je ein kleines «Ohr» hatte. Damit konnte man den ganzen Zeilenblock beidhändig zwischen Daumen und Mittelfinger klemmen und auf das «Schiff» heben. Wenn die Zeilen nicht gleichmässig zusammengedrückt wurden, fiel der ganze Satz auseinander. Ein Malheur, das mir – und wahrscheinlich jedem Setzerlehrling am Anfang seiner Ausbildung – ab und zu passierte.

Handsatzwerkzeuge: Ausgebundener Handsatz, Winkelhaken und Ausbindschnur mit Ahle auf Setzschiff.

Ein paar Fachbegriffe:

Das Schiff: Ein auf drei Seiten eisenumrahmtes, mit einem Zinkboden versehenes Setzgerät, das zur Aufnahme des im Winkelhaken gesetzten Satzes dient, so dass dieser transportiert werden kann.

Der Winkelhaken: Das Setzgerät, in dem die Zeilen alle auf gleiche Breite ausgeschlossen werden können.

Ausschliessen: Die Zeilen im Winkelhaken mit schriftbildlosem Füllmaterial gleich lang machen und die Wortzwischenräume optisch gleichmässig verteilen.

Ausbinden: Einen fertig erstellten Satz (Kolumne) auf dem Schiff mehrfach mit einer Kolumnenschnur umwickeln und festschnüren, damit der Satz weitertransportiert, «abgelegt» oder verstaut werden kann.

Ablegen: Einen Satz nach dem Druckvorgang wieder auseinandernehmen und die einzelnen Buchstaben in die entsprechenden Fächer im Setzkasten verteilen.

(Aus meinem Fachbuch «Satztechnik und Gestaltung», 1966).

Nachdem fünf bis sechs Zeilen auf dem Schiff standen, wurde auf der rechten Seite ein dicker Blindsatzsteg angelegt, damit die Buchstaben nicht umfielen. Auch das passierte ab und zu, besonders bei den kleinen Schriften von sechs bis acht Punkt. Die ganze Handsatzproduktion verlangte viel Geschick und Übung.

DER MASCHINENSETZER

Jeden Tag gegen Arbeitsschluss reinigte der Maschinensetzer seine Setzmaschine. Danach musste ich auf den Knien die Bleispäne, die sich durch das seitliche Beschneiden der Zeilen tagsüber angehäuft hatten, zusammenwischen.

Herr Seidl, der preussische Maschinensetzer, kommandierte: «Da ist noch was! Dort ist noch nicht sauber!» Solange bis auch jedes kleinste Bleispänchen in meiner Schaufel war.

Die Bleireste wurden – zusammen mit den bereits gedruckten und nicht mehr gebrauchten Maschinensatz-Zeilen – eingeschmolzen und zu Bleistangen umgegossen. Die Stangen wurden an einer Kette über den Behälter der Giessvorrichtung gehängt, während dem Setzen abgesenkt und im Giesstopf geschmolzen. So war immer genug flüssiges Blei für das Giessen der neu gesetzten Zeilen vorhanden.

Mit der Erfindung der Setzmaschinen von Linotype 1886 und Monotype 1897 entstand der Beruf des Maschinensetzers. Der Setzer gab Texte nun an einer Tastatur ein. Dabei fielen die Matrizen vom Magazin heraus in eine «Zeile». Wenn sie «voll» war, transportierte ein so genannter Elevator diese zum Gießvorgang. Bleistangen hingen am hinteren Teil der Setzmaschine über einem Schmelzkessel und wurden darin verflüssigt. Nachdem die Zeile gegossen war, wurde diese in die Reihe der bereits gegossenen Zeilen ausgestoßen. Die Matrizen wurden vom Elevator wieder aufgenommen. Sie hatten unterschiedliche Einkerbungen, ähnlich einem Schlüssel. Mit dessen Hilfe wurden sie wieder dem Magazin zugeführt.

Der Ausbildner

Mein Ausbildner war offen und direkt und nahm kein Blatt vor den Mund, wenn ihn etwas störte. Ob beruflich oder privat spielte keine Rolle. Er war dreissig, grossgewachsen, selbstbewusst und gefiel mir auf Anhieb.

Nach einem halben Jahr in der Lehre und dem Erlebnis von «Feuerball» im Kino Rätia mit Sean Connery als James Bond, beschloss ich, ihn für mich James zu nennen.

James musste dann schon am ersten Tag ein kleines Missverständnis mit mir klären: Bei uns im Dorf und am Heinzenberg war es so, dass sich alle duzten. Alte und Junge, Kinder und Erwachsene. Nur dem Pfarrer und dem Lehrer sagte man Sie.

Als ich James am ersten Arbeitstag mit «Tschau!» begrüsste, schaute er mich halb ernst, halb grinsend an und sagte dann: «*I weiss scho, dass sich bi eu im Dorf alli Du sägand, aber da in dar Lehr als Stift muasch du miar Sie säga! Capito!*»

Also sagte ich «*Capito!*», und der Fall war erledigt.

Natürlich galt das auch für alle anderen Berufsleute. Ich als Stift wurde aber – wie die meisten Lehrlinge damals – von allen geduzt. Und so war ich vier Jahre lang für alle einfach *nu dar Hans*.

Als in den letzten Jahren vor meiner Pensionierung ab und zu Schnupperstifte ein paar Tage in der Druckvorstufe verbrachten, machten alle Kollegen schon bei der Begrüssung Duzis mit ihnen. Also machte ich das auch. Obwohl es mir manchmal schwerfiel, einem fünfzehnjährigen Mädchen zu sagen: «Hoi, i bin dar Hans!» Das Schöne daran war jedoch, dass die jungen Leute diese Hemmschwelle nicht hatten. Für sie war es kein Problem, mich zu duzen. Und eigentlich fand ich das mit der Zeit ganz schön.

James führte mich von Anfang an gründlich, umsichtig und professionell in die Kunst der Satzherstellung ein. Er korrigierte, half, ermutigte und begleitete mich – auch in typografischer Hinsicht – geradlinig auf das Ziel zu, das er für mich vor sich sah.

Der Astrologe

Der kleine Sancho aus Rona war ein völlig anderer Typ als mein Ausbildner. Eines Tages – es war gerade Viehmarkt in Thusis und die ganze Dorfstrasse voller Marktstände – öffnete ich das Fenster, atmete die frische Herbstluft ein und beobachtete das Geschehen unter mir. Sancho schaute eine Weile neben mir auf die Strasse hinunter und sagte dann: *«Du bisch wahrschinlich a Wassermann im Sternzeicha!»*

Ich fragte ihn, was das sei, und er erklärte, ich hätte vermutlich zwischen dem einundzwanzigsten Januar und dem neunzehnten Februar Geburtstag. Ich staunte. Er hatte recht, ich wurde tatsächlich in dieser Zeitspanne geboren.

Sancho erklärte weiter, ihm sei aufgefallen, dass ich gerne das Fenster offen hätte, also frische Luft bräuchte. Deshalb sei er darauf gekommen, dass ich ein Sanguiniker sein müsse. In der Astrologie würden Wassermann, Waage und Zwillinge diesem Zeichen zugeordnet. Und aufgrund seiner Erfahrung mit astrologischen Typen käme für mich nur das Zeichen Wassermann infrage.

Als ich etwas später merkte, dass auch mein Ausbildner sich mit Astrologie beschäftige, etwas davon verstand und im gleichen Sternzeichen geboren war wie ich, war ich überrascht. Mister James war doch ganz anders als ich.

Die beiden ersten Jahre meiner Lehrzeit war dann neben der Religion auch die Astrologie immer wieder ein Thema, über das Sancho und James angeregt diskutierten und stritten. Erst als mein Ausbildner nicht mehr da war, hörten die spannenden Diskussionen auf.

Satzunfall

Ein grosser Auftrag in der Druckerei war jeweils die Donnerstagausgabe der dreimal wöchentlich erscheinenden Lokalzeitung «Bündner Post».

Immer wieder bekam der wirblige Maschinensetzer Texte von der Redaktion, die er nach genauen Vorgaben zu Schrift, Schriftgrösse und Zeilenbreite in die Setzmaschine *töckeln* musste.

Die fertigen Maschinensatzspalten trug er auf dem «Spaltenschiff» in den Handsatz, wo ich mit der Abziehpresse einen «Abzug» machte.

Um von den grossen Plakaten einen Korrekturabzug zu machen, gab es eine spezielle Technik: Den Bürstenabzug.

Bei dieser Art Druck wurde der Satz von Hand mit einer kleinen Walze schwarz eingefärbt, das Papier darüber gelegt, fest angedrückt, mit den harten Borsten der Satzbürste darüber gestrichen und mit der Rückseite noch drauf geklopft. Wenn das Papier entfernt wurde, war das Druckbild auf dem Papier, und der Text konnte Korrektur-gelesen werden.

Die groben Borsten der Satzbürste dienten in erster Linie dazu, den frischen Maschinensatz von den feinen Bleiplättchen zu reinigen, die beim Giessen zwischen den einzelnen Buchstaben zurückgeblieben waren und auch eingefärbt und gedruckt worden wären.

Um einen Fehler zu korrigieren, mussten manchmal mehrere Zeilen gesetzt werden, weil sich der Umbruch – wenn ein Wort eingefügt oder entfernt wurde – um mehrere Zeilen verschieben konnte.

War der Maschinensatz bereinigt, stellte mein Ausbildner die Pöschtliseiten auf dem grossen *Satzschiff* zusammen und fügte die im Handsatz erstellten Titelzeilen und Inserate hinzu.

Die Inserate – umrahmt mit den von mir gereinigten Messinglinien – wurden zuerst einzeln in der vorgegebenen Spaltenbreite gesetzt, mit der Schnur ausgebunden und Korrektur-gelesen.

1-spaltige, 2-spaltige, 3-spaltige, 4-spaltige.

All die verschieden breiten Inserate zu einer ganzen Seite zusammenzubauen war eine Puzzlearbeit. Für übrig gebliebenen Platz hatte man *Füller*, wie sie heute noch auf den Inserateseiten der Zeitungen zu sehen sind.

Die Fotos für die Textseiten wurden – mit genauen Grössen- und Rasterangaben – nach Zürich in eine Klischeeanstalt geschickt, wo je nach Vorlage ein Strich- oder Rasterklischee erstellt wurde. Auf millimeterdünne Zinkplatten geäzt kamen die Bilder zurück in den Satz, wo sie auf einen Bleiklotz montiert wurden, damit sie für den Druck die genau gleiche Höhe aufwiesen wie die Schrift.

Wenn die Textspalten, Inserate und Bilder zu ganzen Zeitungsseiten zusammengebaut waren, wurden sie einzeln auf einem grossen *Schiff* in den Drucksaal gebracht.

Nachdem mich James ein paar Wochen lang in der Kunst Gutenbergs unterrichtet hatte, fand er, als Bauernbursche sei ich kräftig genug, um eine Pöschtliseite, die er gerade fertig umbrochen hatte, in die Druckerei zu tragen.

Ich war mir nicht sicher, ob das gut ginge. Diese grosse Satzseite war – zusammen mit dem metallenen Setzschiff – wirklich schwer. Und ich fragte mich, wie ich den Satz in die Druckmaschine bekommen sollte.

Der Ausbildner meinte jedoch, das sei kein Problem, er werde mitlaufen und mich genau instruieren. Also packte ich das Schiff mit beiden Händen, stemmte es in Hüfthöhe vor den Bauch und lief damit hinaus in den Gang und zur Treppe, die in den Drucksaal hinunterführte.

James läuft voraus zur Druckmaschine. Dort weist er mich an, das Schiff mit der Zeitungsseite auf den Drucktisch zu legen. Ich tue, wie geheissen. Dann kommt der kritische Teil: Ich soll mit der linken Hand den Satz in die Maschine stossen und gleichzeitig, aber nicht zu schnell, das Schiff in die Gegenrichtung ziehen.

Ich stosse, ziehe und schiebe … Doch dann ziehe ich schneller, als ich schiebe. Zwischen Drucktisch und Setzschiff entsteht eine Lücke … Ein Teil der Pöschtliseite fällt scheppernd und klirrend zu Boden.

Es war eine Katastrophe! Die ganze Seite musste neu zusammengestellt werden. Auch der Maschinensatz war nicht mehr zu gebrauchen, musste nochmals gesetzt, gelesen und korrigiert werden.

Doch der Ausbildner nahm die Schuld jedoch auf sich und sagte, er hätte mir – nach so kurzer Zeit in der Ausbildung – noch nicht eine solche Aufgabe zumuten sollen.

GLAUBENSKRIEG

Mein Ausbildner war nicht nur Atheist, er war auch ein Genussmensch. Was für mich irgendwie zusammenpasste. Manchmal, wenn er am Morgen zur Arbeit kam und mir etwas erklärte, merkte ich, dass er den Feierabend ausgiebig genossen hatte.

Der katholische Jünger Gutenbergs befasste sich mit anderen Dingen. Er hatte einen Brief gegen den Kommunismus an den Kreml geschrieben und war überzeugt, dass ihn der russische Geheimdienst KGB früher oder später umbringen werde.

Einen kleinen gemeinsamen Nenner hatten die Beiden nur in der Astrologie. Doch auch dort gab es genug Interpretationsspielraum. Der Katholik betonte die negativen Seiten vom Sternzeichen des Atheisten, weil er jeden Tag darunter litt. Immer wieder musste er sich für seinen Glauben rechtfertigen, was ihn aber eher beflügelte, als dass es ihn stoppte.

Sancho fühlte sich als Mitkrieger seines Oberhirten in Rom. Wahrscheinlich hätte er sein Leben für ihn gegeben. Doch ich war ziemlich sicher, dass nicht einmal der KGB es wollte.

Weil ich inzwischen wusste, um was es bei diesen hitzigen Diskussionen ging, sagte ich eines Tages mitten in die Auseinandersetzung der beiden Streithähne hinein: «Wär nit glaubt, isch tumm!» Und nahm damit natürlich Partei für den Katholiken.

Blitzartig setzte sich James in Bewegung, schoss ums Regal herum auf mich zu und hob die Hand ... Wütend starrte er mich an. Nach ein paar Sekunden liess er die Hand sinken, murmelte etwas und ging an seinen Arbeitsplatz. Von dort aus erklärte er mir dann in gemässigtem Ton, was er als Atheist von meiner Aussage hielt.

Zwei Jahre lang gab es kaum einen Tag, an dem bei der Arbeit nicht in irgendeiner Form philosophiert, über Astrologie oder den Glauben geredet und gestritten wurde. Etwas, was in meinem späteren Berufsleben leider an keinem Arbeitsplatz mehr auch nur annähernd möglich war.

Neben der Satzstube lag das Büro der Chefsekretärin. Sie leitete weiter, was sie durch die dünne Holzwand hören konnte. Manchmal ging plötzlich die Tür auf und der Chef schaute mit dunklen Augen und leicht gerötetem Gesicht eine Weile in den Raum. Das genügte. Die beiden Streithähne senkten die Köpfe und begannen wieder zu arbeiten.

Zwischen zwei Inseln

In der ersten Zeit kam es mir vor, als ob ich von der «Insel», auf der ich aufgewachsen war, jeden Morgen auf eine fremde schwämme, wo alles ganz anders war als zu Hause.

Kein Ausmisten vor dem *Zmorga*, kein Heuen, kein von Hand mähen, kein *Strütschen* und *Wellnen* in der Hitze. Und niemand, der etwas davon verstand oder darüber redete.

In der Schriftsetzerlehre gab es nur ein Thema: Drucksachen! Setzen der Bleibuchstaben aus dem Setzkasten nach genauen Regeln, sowohl technischen als auch typografischen! Stehend am Satzregal, den ganzen Tag und bei künstlichem Licht.

Wenn ich dann zu Hause aus dem Postauto stieg, wollte ich nur noch ausruhen. Essen und schlafen. Im Sommer war das aber nicht so einfach. Meine Leute waren am Heuen und erwarteten, dass ich ihnen dabei helfen würde.

Da kamen mir dann wieder die Ferienleute in den Sinn. Die wahrscheinlich auch so ähnlich arbeiteten wie ich. Acht Stunden, dann aber Feierabend hatten und nach Hause konnten.

Am Anfang versuchte ich noch, die Erwartungen meiner Eltern zu erfüllen. Doch dann wurde es mir zuviel. Ich konnte einfach nicht beides unter einen Hut bringen.

Lara

Kurz nach Lehrbeginn lernte ich Lara kennen. Ich war neu als Tenorsänger im «Gemischtenchor Heinzenberg», und wir hatten einen Auftritt an der HIGA, an der Handels-, Industrie- und Gewerbeausstellung in Chur.

Am Nachmittag vor der Abendvorstellung traf der Chor sich auf dem Rossboden zu einer letzten Probe. Die Sonne schien, es war ein wunderschöner Frühlingstag. Männer und Frauen – junge und ältere – standen vor einem mit Gras bewachsenen Hügel und übten noch einmal die Lieder, die wir am Abend vortragen sollten.

Lara war eine der jungen Frauen, die mit uns das Fest besuchten, zuhörten und klatschten. Als es Zeit für den Heimweg war, lief ich mit ihr zusammen in einer Gruppe von Heimkehrern vom Ausstellungsgelände an der Kasernenstrasse über die Rätusbrücke in die Gäuggelistrasse und von dort zum Bahnhof.

Als wir in Thusis ausstiegen, gab es keine öffentliche Verbindung mehr nach Präz. Lara und ich standen auf dem Postautoplatz, warteten und hofften auf eine Mitfahrgelegenheit. Wir hatten Glück. Ein junger Bauer aus Präz kam mit seinem Traktor angefahren. Er hatte zwar keinen Anhänger doch eine Holzvorrichtung, die etwa eineinhalb Meter nach hinten über die Räder hinausragte.

Jörg fuhr los. Lara und ich wurden hin und her geworden, geschüttelt und gerüttelt, so dass wir immer wieder «aneinandergerieten». Als der Traktor nach fast einer Stunde anhielt, empfand ich mehr für Lara als vor der Fahrt. Ob das auch bei ihr so war, fand ich leider nie heraus.

Ben Hur

Eine Zeit lang war ich in einer Jugendgruppe, in der viel über Liebe gesprochen wurde. Und weil ich schon immer eine besondere Beziehung zu alten Leuten hatte, kam ich eines Tages auf die Idee, Besuche im Altersheim zu machen. Man wies mich zu einer blinden Frau mit schneeweissen Haaren. Wir redeten eine Weile, und schon bald stellte sich heraus, was sie am meisten vermisste: Dass sie nicht mehr lesen konnte.

Viele Monate – jeden Mittag nach dem Essen im Volkshaus – lief ich dann den Weg über den Bahnhof hinunter ins Altesheim zu der sanften, dankbaren, blinden Frau. Im Laufe der Zeit las ich ihr mehrere Bücher vor, unter anderem den ganzen «Ben Hur».

Mit ihr im Zimmer war eine Frau, die meine Tätigkeit etwas misstrauisch beobachtete. Eines Tages warnte sie mich vor dem Leben, das noch vor mir liege. Dass ich aufpassen müsse, weil es viele gefährliche Fallen für mich geben werde. Ich verstand nicht, was sie meinte. Ich war überzeugt, dass das Leben gut zu mir sein würde.

Zu dieser Zeit führte ich ein Kassabuch, in das ich jeden Abend auf den Rappen genau eintrug, was ich tagsüber ausgegeben hatte. So konnte ich mit meinem kleinen Lehrlingslohn jeden Monat das Essen im Volkshaus bezahlen. Und weil es in Dalin keine Möglichkeit gab, Geld auszugeben, bekam mein Bruder einmal auf Weihnachten sogar eine Winterjacke geschenkt.

Im Volkshaus

Die Vormittage, stehend am Satzregal, waren am Anfang quälend lang. Manchmal schien mir, als ob es noch länger dauerte als auf der Wiese beim Heuen, bis Mittag war. Wenn es von der reformierten Kirche her endlich zwölf Uhr schlug, legte ich aufatmend den Winkelhaken aufs Regal und hängte die Setzerschürze in den Kasten an meinen Bügel.

In diesem Beruf war man den ganzen Tag mit Druckerschwärze in Kontakt. Sie klebte nach dem Druck an jedem Buchstaben, an jeder Satzzeile. Deshalb mussten die Hände nach der Arbeit besonders gründlich gewaschen werden. Im Gang von der Setzerei zum Drucksaal gab es einen kleinen Waschtrog. Eine kleine Bürste, eine spezielle Seife, manchmal auch ein Pulver, waren nötig, um die Spuren der Arbeit zu beseitigen.

Wenn Mama mit mir als Bub zum Zahnarzt Sonder nach Thusis fuhr, bestellte sie danach im Volkshaus für uns beide ein Stück Linzertorte. Sie trank eine Tasse Tee oder einen Kaffee Hag, und ich versuchte, mit einem Rivella den Zahnarztgeruch hinunterzuspülen.

Zahnarzt Sonder arbeitete noch ganz anders als die heutigen Zahnärzte. Nach dem Befehl «Maul auf!» führt er seinen dicken Zeigefinger in meinen Mund und greift ausgiebig meine Zähne ab. Scheinbar kann er so herausfinden, wo und in welchem Zahn sich ein Loch versteckt hält. Wenn er dann eines entdeckt hat, greift er zum Bohrer, und die Quälerei geht los. Auch wenn das Loch nur klein ist, bohrt er fast den ganzen Zahn aus und füllt ihn mit Amalgam. Ich habe heute noch drei Stockzähne mit diesen riesigen Füllungen.

Auch wenn es saumässig weh tat, hielten meine Brüder und ich still, weil wir von Papa gelernt hatten, dass *a Buab nit brüala tuat.* Den Oberhalbsteiner Dr. med. dent. Stefan Sonder beeindruckte das. Er sagte immer, die Capadrutt *Buaba* seien sehr tapfer.

Während der ganzen Lehre erhielt ich im Volkshaus – vier Jahre lang und fünf Mal in der Woche – ein Menu für Langzeitgäste mit einem Glas Apfelsaft dazu. Am Anfang fühlte ich mich einsam. Alles war noch ungewohnt. Statt mit den Eltern zu Hause, musste ich jeden Mittag mit fremden Leuten im Restaurant essen.

Mit mir am Tisch sass ein Maurerlehrling aus dem Oberhalbstein, der vier Jahre kaum einen Ton von sich gab. Vielleicht, weil sein Vater war wie meiner. Wenn wir daheim beim Essen redeten, verdunkelte sich Papas Stirn, und er sagte streng: «Bim Ässa redat ma nit!»

Im Volkshaus hingegen wurde geredet, gelacht und gelärmt. Die Serviertochter lief mit vollen Tellern hin und her, nahm leere mit, brachte Getränke. Besteck klirrte, Geschirr klapperte. Es war viel mehr los, als ich es gewohnt war.

Bei uns zu Hause brauchte man das Messer, um das Essen in mundgerechte Stücke zu schneiden. Danach benutzte man nur noch die Gabel. Das tat auch der Maurerlehrling an meinem Tisch.

Die meisten Leute rundum assen jedoch anders. Sie hielten die Gabel in der linken Hand und das Messer in der rechten. Schnitten vom Fleisch ein Stück ab und führten es mit der linken Hand ins Maul. Das wollte ich auch so machen, vom ersten Tag an. Doch ich hatte Schwierigkeiten, die Gabel mit der linken Hand zu halten. Es war, als ob ich als Linkshänder auf einmal mit der rechten Hand schreiben sollte.

Doch ich gab nicht auf. Jeden Mittag arbeitete ich daran, eine neue Rille in den Teil meines Hirns zu graben, der die linke Hand, den linken Arm, steuerte. Es dauerte lange, bis die neue Rille tiefer als die alte wurde, und ich so essen konnte, wie ich dachte, dass es in dieser neuen Welt Brauch war.

ZNÜNI

Eine meiner Aufgaben als Stift bestand darin, jeden Morgen um neun Uhr im VOLG nebenan das Znüni zu holen.

Am ersten Tag in der Lehre war ich mit allen Utensilien ausgerüstet worden, die zu einem Setzer gehörten: Ich trug einen kurzen blauen Setzerschurz, der wie derjenige eines Schusters, um die Hüften gebunden und auf dem Rücken verknotet wurde. Auf der rechten Seite, auf Höhe des Oberschenkels, steckte in einer schmalen Schlaufe das Typometer. Ein biegsamer, metallener Massstab mit Zwölfersystem-Einteilung, der damals in der ganzen Druckbranche verwendet wurde.

Im Brustbereich gab es mehrere Fächer für Bleistift, Kugelschreiber und die Setzerpinzette. Die Pinzette war ein Hilfsmittel, um die kleineren Bleibuchstaben aus dem Setzkasten oder aus dem Handsatz zu picken, wenn die Finger zu grob waren. Auf Bauchhöhe waren drei breite, tiefe Taschen aufgenäht, die beim Znüniholen besonders hilfreich waren.

Damit ich nach dem Einkaufen ohne Probleme jedem das Wechselgeld zurückgeben konnte, verteilte ich das Münz in die drei Taschen meiner Schürze und wenn nötig noch in *beidi Hosasäck*. Beim Bezahlen bat ich die Kassiererin, jedes Znüni separat einzutippen, worauf ich einzeln das Retourgeld erhielt. So hatte ich kein Problem, alle korrekt zu bedienen.

PÖSTLER UND AUSRÜSTEN

Wenn der Hilfsarbeiter keine Zeit hatte, brachte ich die Drucksachen auf die Post. Diese Tätigkeit gefiel mir. Sie war ein kleiner Teil vom Pöstlerberuf, den Papa mir als zu leicht ausgeredet hatte. Dabei begegnete ich immer wieder Bekannten. Und ab und zu gab es ein Gespräch von Berufs- zu Heimat-«Insel».

Wenn man mich fragte, was ich für eine Ausbildung mache, erklärte ich zuerst, wie Drucksachen aufs Papier kamen. Das verstand jeder. Doch weshalb brauchte es noch einen Schriftsetzer neben dem Drucker?

Dass vor dem Druck vom Manuskript mit Bleibuchstaben zuerst eine physisch druckbare Form hergestellt werden musste, davon wusste niemand etwas.

Eine andere Aushilfs-Tätigkeit war das Ausrüsten. Jede Woche musste das Pöschtli gefalzt, zusammengetragen, geheftet, aufs

Format geschnitten, adressierte und versandt werden. Das war die Hauptarbeit in der Ausrüsterei.

Dann musste ich Drucksachen zusammentragen. Zum Beispiel Formulare mit verschiedenfarbigen Blättern für Rechnungs- oder Quittungsblöcke, die auf ganz leichtes, halbtransparentes, Papier gedruckt waren.

Druckbögen von vier, acht oder auch sechzehn Seiten mit dem Falzbein falzen. Dieses «Bein» war ein glatt poliertes, flaches Stück Knochen, und es war nötig, weil man sich sonst mit der Zeit die Finger wund gerieben hätte, wenn man stundenlang Papier oder leichten Karton faltete.

Ausrüsten war eine monotone Arbeit, so wie Messinglinien polieren. Das Schöne war aber, dass man dabei miteinander reden konnte. Nebst den Frauen, die ständig dort arbeiteten, schauten ab und zu auch die Fräuleins aus dem Laden vorbei.

Alle waren erfreut, so einen jungen Mann im Betrieb zu haben. Und mir gefiel es, «Hahn im Korb» zu sein.

ANGEKOMMEN

Nach einem halben Jahr in der Lehre fühlte ich mich recht gut in meinem neuen Leben. Der Wechsel von der Heimat-«Insel» zur Berufs-«Insel» war leichter, ja fast schon Routine geworden. Ich hatte mich an die stehende Arbeitweise gewöhnt, fühlte mich gut mit den Leuten im Satz und in der Druckerei und freute mich jeden Tag darauf, etwas Neues zu lernen.

Beim Mittagessen gab es keine Probleme mit Gabel und Messer mehr. Ich hielt die Gabel in der linken Hand und das Messer in der rechten. Spiesste Pommes auf, drehte Spaghetti um die Gabel und schob Reis mit dem Messer in der rechten auf die Gabel in der linken Hand.

Ich war sehr zufrieden mit mir, genoss meine neue Freiheit und fühlte mich wie ein frisch gepflanzter Baum, der langsam Wurzeln schlägt und sich vorstellt, einmal gross und stark zu werden. Ein Baum mit vielen Blättern und Früchten, mit starken und tiefen Wurzeln. Kurz, ich war angekommen in meiner neuen Welt. Und von einigen Kleinigkeiten abgesehen, war ich fast glücklich.

GEWERBESCHULE

Der erste Tag in der Gewerbeschule war nicht einfach für mich. Als 1.-Lehrjahr-Stift befand ich mich auf der Ausbildungsskala ganz unten. Zusammen mit Gieri aus Disentis und ein paar anderen Anfängern in der Ausbildung zum Jünger des hochwohlgeborenen Johannes Gensfleisch zum Gutenberg.

Herr Heierle, der Berufsschullehrer, war ein kleiner Mann. Sein Kopf mit den leicht gekrausten grauen Haaren schien direkt auf den Schultern zu liegen. Wie er mit seinen etwas hervorstehenden blauen Augen referierend vor uns hin und her lief, erinnerte er mich an eine Comic-Heft-Figur.

Schon in der ersten Stunde gab er uns einen Vorgeschmack dessen, was wir noch zu lernen hatten. Mit dominanter Leichtigkeit warf er ohne Unterlass Fachwörter wie Xylographie, Duktus, Reproduktion, Cliché, Matrize, Autotypie, Galvano, Faksimile usw. durchs Schulzimmer, dass mir im wahrsten Sinne des Wortes Hören und Sehen verging.

All diese Ausdrücke hatte ich noch nie gehört. Mir war, als ob ich fälschlicherweise an einer Hochschule gelandet wäre.

Zum Glück gab dieser redegewandte Fachlehrer uns dann nach dem Unterricht Blätter, wo all das draufstand, worüber er referiert hatte. Das machte es leichter. So konnte ich zu Hause alles durchlesen und mir einprägen, was ich noch nicht wusste.

Nach dem ersten halben Jahr im Grabenschulhaus war das neue Gewerbeschulhaus an der Scalettastrasse bezugsbereit. Dort kamen wir in schöne, grosse Räume mit viel Licht. Das gefiel mir.

Auch der Fachlehrer schien sich dort wohlzufühlen. In der Regel siezte er uns, doch ab und zu auch nicht. Schliesslich waren wir zukünftige Berufskollegen. Er arbeitete als Faktor (Abteilungsleiter Satz) beim «Der Freie Rätier». Bei der Zeitung, die Annanutina, die Pöstlerin in Dalin, uns jeden Tag auf die Haustür brachte.

Die halbkollegiale, vertrauensvolle Zusammenarbeit mit dem Fachlehrer tat mir gut. Die älteren Schüler hingegen nutzten das aus und wurden frech. Dann bekam Herr Heierle ein ganz rotes Gesicht. Seine blauen Augen wurden gross, dunkel und drohend. Wenn es ihm gar zu bunt wurde, rief er: «Jetz flügend iar denn alli mitanand ufs Rektoriat!» Dass er «alle» sagte, machte mir etwas Angst, weil ich ja nicht zu denen gehörte, die frech waren.

Der Rektor, Herr Gritti, war eine Respektsperson alter Schule. Ich musste einmal zu ihm, nachdem der Pöstliredaktor mich nicht in den Unterricht gelassen hatte, weil er mich anderweitig brauchte. Das war eine unangenehme Begegnung. Zum Schluss wurde ich aber entschuldigt und der Rektor schrieb in mein Absenzenbüchlein «Unentschuldigt zulasten des Redaktors!»

Für den Unterricht in den «Allgemeinen Fächern» mussten wir in ein anderes Schulzimmer wechseln. Dort empfing uns ein grosser, hagerer, weisshaariger Lehrer. Herr Pally. Von Anfang an siezte er uns und schaffte damit eine respektvolle Distanz zwischen Lehrer und Schüler. Mit einer Mischung zwischen Strenge, Konsequenz und leichtem Spott führte er mit Leichtigkeit auch die frechen Schüler wie an einem Nasenring durch die Unterrichtsarena.

Für den Französischunterricht, meine schwächste Disziplin, machte er einen Test und teilte uns auf. Ich kam in die zweite Gruppe und war froh darüber. So hatte ich von Anfang an die Möglichkeit, mitzuhalten.

Herr Heierle bildete uns parallel zur praktischen Ausbildung im theoretischen Fachbereich aus. In allem, was dazumal für einen zukünftigen «Jünger Gutenbergs» wichtig war. Typografie. Buchstaben in Grossformat zeichnen, den Satzspiegel im Verhältnis vom «Goldenen Schnitt» ausrechnen. Zeilen im Spaltenumbruch kleben und natürlich jede Menge Theorie: Fachrechnen, Klischeekunde, Drucktechniken, Schriftentwicklung. Das griechische Alphabet, die römischen Zahlen. Papiersorten und deren Herstellung. Die A-Formate, die B- und C-Formate. – Es war eine ganz andere Welt als das Bauernleben am Heinzenberg.

Nach einem halben Jahr brachte ich meinem Lehrmeister mit gutem Mut mein erstes Zeugnis.

Er warf einen Blick hinein, legte es vor sich auf den Tisch und fragte: «Findsch du das guat?»

«Ja, ziemlich», sagte ich.

Seine Antwort: «Das muass denn abar noch viel bessar werda!»

Das hatte ich nicht erwartet. Von da an begann ich, richtig zu lernen. Jeden Abend. Die Eltern mussten mich sogar ermahnen, ins Bett zu gehen. Und so wurden meine Noten immer besser. Besonders auch in den allgemeinen Fächern. Als ich nach einem weiteren halben Jahr dem Lehrmeister mein Zeugnis zeigte, war er schon zufriedener mit meiner Leistung. Und so ging es weiter. Bis er nur noch «guat!» sagte.

Nach einem Jahr in der Gewerbeschule bekamen wir ein zusätzliches Fach: Deutsche Grammatik. Der Deutschlehrer, Herr Kast, war eine Kapazität auf seinem Gebiet. Als ehemaliger Schriftsetzer, der sich zum Korrektor in Deutsch, Englisch, Französisch und sogar Romanisch weitergebildet hatte, war er mit jeder Facette der deutschen Sprache vertraut und kannte – was für uns angehende Schriftsetzer besonders wichtig war – auch noch unsere praktischen Probleme im Satz.

Ab und zu erzählte er uns, dass er mit der Dudenredaktion in Deutschland im Streit läge, weil sie eine Wortart oder eine Wortbeugung – seiner Ansicht nach – falsch veröffentlicht hätten.

Wenn er darüber referierte, vergass er alles andere um sich herum. Manchmal füllte er mit diesen Themen eine ganze Unterrichtsstunde und musste dann beim nächsten Mal zwei Lektionen mit uns durcharbeiten.

Wir merkten auch bald, dass er ziemlich gutmütig war. Beim Diktat betonte er die Sätze so, dass alle wussten, wann ein Komma gesetzt werden musste. Und falls einmal etwas nicht klar war, fragten manche Schüler nach und bekamen meist einen Hinweis auf die richtige Lösung.

Ein besonders unerwartetes Deutsch-Talent war Gieri aus Disentis. Mit Romanisch als Muttersprache wäre es verständlich gewesen, wenn er in diesem Fach eher schwach aufgetreten wäre. Doch das Gegenteil war der Fall. Gieri wusste einfach immer alles. Herr Kast war über alle Massen begeistert von seinen Grammatikkenntnissen. Gieri verbrachte denn auch, wie ich hörte, den grössten Teil seines Berufslebens als Korrektor.

Weil die Schule oft schon um sieben Uhr morgens begann, konnte ich bei der Gotta, der jüngeren Schwester von Mama, in Chur übernachten. Luzi, ihr Mann, arbeitete als Briefträger bei der Post. Ab und zu stand dann auf einem Paket, das durch seine Hände gegangen war: «Gruss Luzi».

Ihr Sohn, mein Cousin, war ein paar Jahre jünger als ich. Die Schlager auf seinen Schallplatten hatte schon Deia beim Hüten in Danlarasch gesungen. Ich kann mich erinnern, wie ich einmal auf dem Fenstersims im Zimmer von Urs sass. Es war Frühling, die Sonne schien, im Garten vor dem Haus blühten die Obstbäume, die Vögel zwitscherten.

Urs legte mir zuliebe seine Vinyl-Schallplatten auf den Plattenspieler. Ich verlor mich in den Melodien von «Siebzehn Jahr, blondes Haar – Rote Lippen soll man küssen – Monja – Es fährt ein Zug nach nirgendwo – Geh nicht vorbei» usw.

Nach dem *Znacht* musste ich der Gotta manchmal beim Reinigen der Büros in der Steinbruchstrasse helfen. Das behagte mir weniger. Trotzdem leerte ich, weil die Gotta sehr resolut sein konnte, folgsam die Papierkörbe der kantonalen Angestellten.

ZWISCHENPRÜFUNG

Nach zwei Jahren Ausbildung war es Zeit für die Zwischenprüfung. Am 10. Juni 1968 tauchten zwei Experten in der Setzerei auf. Den einen kannte ich schon. Er hatte Gieri und mich vor zwei Jahren auf die Berufseignung getestet und war in Fachkreisen als einer der wenigen «Schweizer Degen» bekannt. Den Titel erhielt, wer nach der Schriftsetzerlehre auch noch eine zweijährige Lehre als Buchdrucker abgeschlossen hatte.

Selbstsicher, dynamisch und kompetent gab er mir gleich von Anfang an einen Vertrauensbonus. Respekt hatte ich vor beiden Experten, weil sie jede meiner Arbeiten nach genauen Vorgaben benoten würden. Herr Weisstanner wurde dann ein paar Jahre später mein Chef in der Buch- und Offsetdruckerei Bischofberger AG.

Weil die Prüfungen über mehrere Wochen zeitlich gestaffelt abgenommen wurden, verbreiteten Lehrlinge, die sie bereits bestanden hatten, Gerüchte über die Experten. Der eine wäre freundlich, der andere seiner kompromisslosen Strenge wegen gefürchtet. Meine Experten wurden allgemein als angenehm eingestuft, was mich etwas beruhigte. Allerdings hatte ich mich auch gut vorbereitet.

Die praktische Prüfung bestand aus glattem Satz, Ablegen sowie der Herstellung von Geschäftskarte-, Inserat- und Tabellensatz.

Unter den Begriff Berufskenntnisse fielen: Deutsche Sprache und Manuskriptlesen, zweite Landessprache, allgemeine Fachkenntnisse, Ausschiessen (4, 8, 16 oder sogar 32 Seiten auf einem Druckbogen anordnen) und typografisches Rechnen.

Alles lief gut. Ich bestand die Prüfung mit einer Note, an der auch mein Lehrmeister nichts auszusetzen hatte. Man gratulierte mir, und ich war glücklich und stolz über die erbrachte Leistung.

Bald darauf realisierte ich jedoch, dass diese Prüfung nur ein kleiner Schritt war. Die Ausbildung ging weiter. Und alles wurde anders, ganz anders.

VERÄNDERUNG

ALLES WIRD ANDERS

Um das zweite Lehrjahr herum veränderte sich das Klima in der Setzerei fast von einem Tag auf den anderen. James, mein geschätzter, kompetenter Ausbildner, war plötzlich nicht mehr da.

Der kleine, zackige Maschinensetzer, den ich irgendwie ins Herz geschlossen hatte, stand vor seiner Pensionierung. Er wurde durch einen etwas jüngeren Kollegen ersetzt, der auch gleich meine Ausbildung übernahm. Und fast von einem Tag auf den anderen hatte ich einen Unterstift, um den ich mich kümmern musste.

Vom alten Team war nur noch Sancho da. Es dauerte eine Weile, bis ich mich mit dieser neuen Zusammensetzung abfinden konnte.

Als eines Tages auch noch ein junger Mann mit dichtem, schwarzem Vollbart und dicker Brille in der Setzerei auftauchte und sich als Volontär des Redaktors der Bündner Post vorstellte, wusste ich, dass ab jetzt ein neuer Wind wehte.

Die Diskussionen, die er dann mit meinem neuen Ausbildner führte, hatten nichts mehr mit Astrologie, Religion oder Atheismus zu tun. Es ging vor allem um Politik.

An diese lebhaften Gespräche, die meist im Gang neben dem Raum des Maschinensetzers stattfanden, kann ich mich erinnern, als ob es gestern gewesen wäre. Politik interessierte mich damals allerdings noch nicht. Ich beschäftigte mich vor allem mit Themen, die mir James und Sancho nahegebracht hatten.

Mein neuer Ausbildner arbeitete an der Setzmaschine in einem anderen Raum. Das gab mir und meinem Unterstift den nötigen Freiraum, um den Ernst der Arbeit etwas aufzulockern.

Hansruedi war ein bleicher, schmaler Jüngling mit blauen Augen und Märzenflecken im Gesicht. Es schien, als ob er zu Hause nie einen *Klapf um d Ohra* bekommen hatte, wie ich. Er nahm alles viel lockerer und schaffte es mit der Zeit, mich etwas aus meiner angeborenen Ernsthaftigkeit herauszuholen.

Wenn der Chef dann noch ab und zu die Tür öffnen musste, war das nicht mehr wegen den Streitereien von James und Sancho, sondern weil der Ober- und der Unterstift zusammen ds Chalb machten.

Das dritte Lehrjahr war nicht einfach für mich. Die ganzen Veränderungen vom zweiten her, aber vor allem das Fehlen von James und die andere Ausbildungsmethode seines Nachfolgers waren der Grund, dass ich in eine Krise schlitterte und zeitweise daran dachte, die Lehre abzubrechen.

BEFREIUNG

Im Übergang vom dritten zum vierten Lehrjahr begann etwas in mir zu wachsen. Ich kam mir vor wie ein Kaktus, der drei Jahre gebraucht hatte, um die erste Blüte hervorzubringen.

Ich konnte grössere Arbeiten erledigen und frei meine Kreativität ausleben. Unter anderem durfte ich für das in Präz aufgeführte Theater «Der zerbrochene Krug» von Heinrich von Kleist das Plakat gestalten.

Die Druckvorlage für die Scherben des zerbrochenen Krugs machte ich mit einem Linolschnitt. Das Plakat wurde in den Dörfern aufgehängt und kam gut an, was mich ungemein freute.

Eines Tages bekam ich die Aufgabe, die Textseiten zu einem Kinderbuch zu gestalten. Die Vorlagen für die Bilder lieferte ein Künstler in Form von mehrfarbigen Holzschnitten.

Auf das Format A4 quer kam neben jede Bildseite eine Seite mit dem entsprechenden Text, den ich auf der Zeilensetzmaschine Italienne auf die Maximalbreite von vierzig Cicero setzte. Schrift: vierzehn Punkt halbfette Bodoni.

Ich kann mich erinnern, wie ich über Wochen den Text in Form von Messing-Matritzen in den Winkelhaken setzte und jede Zeile einzeln in Blei goss. Dann den Umbruch machte und die Holzschnitte integrierte.

Dass ich aufblühte, hatte vor allem auch damit zu tun, dass ich mich von etwas befreite, das mich immer mehr einschränkte.

Die Jugendgruppe, in die mich ein junger Mann mit einem Bücherbus am Thusner Markt einst geholt hatte, war eine «Insel», auf der Leute herumwanderten, die Liebe predigten aber auch überzeugt waren, dass diese Liebe nur durch ihren Weg zu erhalten sei.

Zudem gab es Dinge, die man nicht tun durfte und andere, die man tun sollte. Beides fiel mir schwer. Ich wollte frei sein und selbst entscheiden können, was für mich richtig und was falsch war.

Als man mir eines Tages nahelegte – weil ein weltliches Vergnügen –, auch noch aufs Skifahren am Wochenende zu verzichten, wusste ich, dass für mich die Zeit gekommen war, diese «Insel» für immer zu verlassen. Und das tat ich dann auch. Ich beschloss, meinen eigenen Weg zu gehen und auf eigene Faust herauszufinden, ob wirklich nur ein Weg «nach Rom» führt.

Die andere Wand

Bald nach meiner «Befreiung» traf ich im Postauto die Gazelle, das blonde Mädchen, mit dem ich mit fünfzehn beim Fangis machen in Präz die ersten Küsse getauscht hatte. Wir setzten uns auf die hinterste Bank. Ihre Hand schlich sich in meine und meine in ihre. Ich dachte an diesen Sonntagabend vor ungefähr vier Jahren, als sie beim Fangis machen in einen Heustall geflüchtet und langsam auf mich zugekommen war. Sie hatte meine Hände genommen und mich an sich gezogen ... Auf all das hatte ich in den letzten zweieinhalb Jahren verzichten müssen.

Nach dem Mittagessen im Volkshaus treffen wir uns bei der katholischen Kirche. Hand in Hand gehen wir hinein. Kein Mensch ist da. Wir steigen auf die Empore und setzen uns auf eine Bank. Niemand stört uns. Kein «Herr», keine Vorschriften, keine Schuldgefühle.

Doch so einfach liessen sich zweieinhalb Jahre auf der allein-seeligmachenden «Insel» nicht abschütteln. Ich hatte ein Schiff verlassen und das neue noch nicht gefunden. Ich wusste nur, dass ich bereit war, mir meinen eigenen Weg zu suchen.

Ich redete mit Mama und sogar mit Papa. Der meinte, Extremismus sei nie gut. Damit hatte er natürlich recht. Er schlug vor, ich solle mit dem Pfarrer reden.

Das Gespräch mit dem Pfarrer dauerte dann nicht sehr lange. Nachdem ich ihm meine Glaubensprobleme geschildert und erwähnt hatte, dass ich von jetzt an nichts mehr glauben würde, meinte er, man müsse nicht, wenn man mit dem Kopf an eine Wand gerannt und nicht durchgekommen sei, einfach um hundertachtzig Grad drehen und gegen die andere Wand rennen.

Was er sagte, befriedigte mich, auch wenn er recht haben mochte, nicht. Denn ich spürte und wusste immer sicherer, dass ich nicht schon mit neunzehn auf einem schmalen Weg in den Himmel steigen wollte, während sich ein Teil in mir immer stärker nach dem irdischen Leben, das um mich herum pulsierte, sehnte. Dazu war ich nicht auf die Welt gekommen.

Als Erstes wollte ich herausfinden, was am «weltlichen Weg» so schlimm sein konnte.

ABSCHLUSSPRÜFUNG

Im vierten Lehrjahr fühlte ich mich wie ein Rennpferd auf der letzten Runde eines Langstreckenrennens. Es gab keinen Tag, an dem der Jockey auf meinem Rücken mich nicht auf Fehler hinwies, die ich bei der Prüfung nicht machen durfte.

Das nervte mich. Doch mit der Zeit erkannte ich, dass er war wie ein erfahrener Trainer, der ein wildes Pferd zähmen sollte. Manchmal bemerkte ich, dass er mich bei der Arbeit beobachtete und schelmisch grinste, wohl weil er sah, dass es mir schwerfiel, seine Vorgaben zu akzeptieren.

Diese Beobachtung machte das Gewicht auf meinem Rücken etwas leichter. Er war nicht, was ich lange gedacht hatte: Ein ehemaliger Handsetzer, der durch jahrelanges Arbeiten an der Setzmaschine alles verlernt hatte, was ich lernen musste.

Die Technik im Blei- und Handsatz hatte sich, seit er die Abschlussprüfung gemacht hatte, noch kaum verändert. Das passierte erst ein paar Jahre später. Und so gelang es ihm, den eigenwilligen Jüngling langsam und mit Einfühlungsvermögen zur und über die Ziellinie der Abschlussprüfung zu führen.

In der Gewerbeschule wurden die Unterrichtszeiten immer länger. Die erste Stunde begann um sieben Uhr morgens, die letzte endete um sieben Uhr abends. Der Fachlehrer versuchte, uns die letzten Feinheiten beizubringen. Theorie, Wiederholung, Prüfungen.

Französisch und Buchhaltung bei Herrn Pally. Deutsch beim – mit der Dudenredaktion im Clinch stehenden – Ex-Setzer und Korrektor Emanuel Kast. Wenn die Stühle nicht so hart gewesen wären, hätte uns sicher der Schlaf übermannt.

Durch die Unterrichtszeit bedingt, musste ich schon am Sonntagabend nach Chur zur Tante in die Sonnenbergstrasse fahren, damit ich am Montagmorgen rechtzeitig in der Schule sein konnte. An Kinobesuche am Montagabend war nicht mehr zu denken. Bis ich bei der Gotta das Nachtessen bekam, war es fast acht Uhr.

Es war eine harte Zeit, doch ich spürte, je näher das Ziel kam, dass etwas Neues, Aufregendes auf mich zukam. Mein eigenes Leben lag vor mir wie eine offene Prärie. Unabhängig von Ausbildner und Eltern sah ich mich bereits auf einer endlosen Weide in die weite Welt hinaus galoppieren.

Zur praktischen Prüfung kamen die gleichen Experten wie schon bei der Zwischenprüfung. Wie nervös ich war zeigte sich an der Zusammenstellung der Tabelle. Nachdem ich die genauen Masse berechnet und auf der Skizze angeschrieben hatte, baute ich das Liniengerüst, statt wie gelernt von oben nach unten, von unten nach oben zusammen. Erst danach setzte ich den Text und hob ihn vom Winkelhaken in die ausgesparten Räume.

Die Experten sahen mich erstaunt an. Der Ausbildner murmelte etwas und lief kopfschüttelnd davon. Bei der Bewertung hiess es, dass ich zwar nicht genau nach Lehrbuch gearbeitet habe, doch verboten sei das nicht. Und deshalb gab es auch keinen Abzug.

Als ich die letzte Arbeit abgeliefert hatte, war ich erleichtert, dass alles gut gegangen war. Auch mein Ausbildner atmete auf. Als Erstes fragte er mich, was mir beim Zusammenbauen der Tabelle ins «Hirn gesch...» hätte. Das konnte ich ihm nicht erklären. Es war einfach so über mich gekommen. Und es hatte ja geklappt.

DIE WASSERTAUFE

Schriftsetzer und Drucker (heute Polygraphen und Drucktechnologen) werden nach bestandener Abschlussprüfung einer Wassertaufe unterzogen, der sogenannten *Gautschata*. Dieser Brauch kann bis ins 16. Jahrhundert zurückverfolgt werden.

Je nach Land und Region kann der Ablauf verschieden sein, doch immer wird der «Gäutschling» mit mehr oder weniger Gewalt seiner Taufe zugeführt. Den Tag und die genaue Zeit erfährt er nicht. Er weiss nur, dass es jederzeit geschehen kann. Um ihn noch zusätzlich zu verunsichern wird er ab und zu von den Gesellen gepackt und wieder losgelassen.

Zur Gautsch-Zeremonie gehören:
Der Gautschmeister
Der 1. Packer
Der 2. Packer
Der Schwammhalter
Die Zeugen

Wenn das Opfer erfolgreich zum Brunnen, Zuber oder – auch schon geschehen! – Schwimmbad transportiert worden ist, fängt die eigentliche Zeremonie an. Als eine Art Vortaufe wird ein nasser Schwamm auf den Boden gelegt, der Gäutschling hochgehoben und mit den Worten des Gautschmeisters

Lasst seinen Corpus Posteriorum fallen
auf diesen nassen Schwamm, bis triefen beide Ballen.
Der durstigen Seele gebt ein Sturzbad oben drauf,
das ist dem Sohne Gutenbergs die allerbeste Tauf ...

mit seinem Hinterteil auf den Schwamm gesetzt. Schon während dem Transport wird der Schwamm in einen Wasserkübel getaucht und über dem Gäutschling ausgepresst. Ich hatte oft Mitleid mit den Opfern, doch die Kollegen fanden es immer lustig.

Während meiner Lehrzeit wurden drei Lehrlinge gegautscht. Während Gian, der einen Monat lang mein Oberstift gewesen war, von James und zwei Druckern zum Brunnen getragen wurde, lief ich als Erstlehrjahr-Stift mit einem Karton, auf dem «Gautschata» stand, voraus zum Brunnen.

Nach einem weiteren Jahr war Mario dran, der Druckerlehrling. Es war Winter. Der Brunnen kam nicht infrage. Ein grosser Waschzuber wurde mit Wasser gefüllt, der Täufling gepackt und – im Gang zwischen Setzerei und Druckerei – mit dem Hinterteil voran eingetaucht. Dazu wurde immer wieder, damit er auch sicher von oben bis unten getauft wurde, ein nasser Schwamm auf seinem Kopf ausgepresst.

Alex, der dritte Gäutschling, war ein harter Brocken. Er kämpfte, als ob es um Leben oder Tod ginge. Mein Ausbildner, zwei Drucker und ich schleppten ihn von der Druckerei an der Hauptstrasse hinauf zum Brunnen beim Restaurant Schäfli. Es war, als ob wir einen jungen Stier bändigen müssten. Alex zappelte, strampelte und schlug um sich, dass wir ihn beinahe loslassen mussten. Kurz bevor wir ihn ins Wasser werfen konnten, bekam er einen Arm frei, und seine Faust traf mit voller Wucht meine Nase. Es hätte nicht viel gefehlt, und ich wäre KO gegangen.

Schon Wochen vor der Prüfung durfte ich die Einladung zu meinem Gautschessen kreieren. Ich entwarf, gestaltete, setzte, machte Probedrucke mit verschiedenen Schriften und stellte die Menukarte für das Essen im Restaurant Sonne zusammen.

Meine Drucksachen wurden auf schönes cremefarbenes Büttenpapier gedruckt, und dann legte ich sie, mit einem Gummiband bandagiert, für den Tag X in meine Schublade, wo sie liegen blieben ... Vielleicht Wochen, Monate oder sogar Jahre. Das habe ich nie erfahren.

Mario, der junge Drucker, hatte mir schon vor der Abschlussprüfung eine Stelle im «Bündner Tagblatt» in Chur vermittelt. Als ich in der letzten Woche meiner Lehrzeit mit einer schweren Angina im Bett lag, hatte ich genug Zeit, mich vom Lehrbetrieb zu lösen und mich auf mein neues Leben in der Stadt vorzubereiten.

Die Freude darauf war so gross, dass ich keinen Moment daran dachte, mich von den Leuten, die mich vier Jahre lang ausgebildet und begleitet hatten, zu verabschieden.

VERLIEBT

Ein paar Tage nach der Abschlussprüfung verabredete ich mich mit der Büro-Lehrtochter zu einem Tanzfest. Kassel, mein Nachbar in Dalin, erklärte sich bereit, mit mir ins Schams zu fahren. Der Saal im Schulhaus von Andeer war voll mit jungen Leuten, die bereits zu Schlagern der Siebzigerjahre tanzten.

Meine Verabredung war nicht da. Doch nach einer Weile forderte mich eine besonders auffällige junge Frau zum Tanz auf. Auffällig deshalb, weil sie einen langen, gestrickten, weissen Mantel trug, den sie auch beim Tanzen anbehielt. Sie fragte, woher ich komme, wie ich heisse, was ich machen würde.

Bald stellte sich heraus, dass sie mich wegen meinen langen schwarzen Haaren für einen Italiener hielt. Sie schwärmte vom Süden, vom Tessin, von Italien, von der dortigen legeren Lebensweise und besonders von der Sprache. Obwohl ich kein Südländer war, liess sie sich nach dem Tanz von mir und meinem Chauffeur nach Hause bringen. Ins kleine Dörfchen Reischen.

Kassel wartet im Auto. Rahel und ich gehen ins Haus, steigen eine steile Treppe nach oben. Sie öffnet die Tür zur Wohnung ihrer Eltern, bei denen sie zu Besuch ist.
Dann stehen wir voreinander im dunklen Gang.
Als ich schon gehen will, zieht sie mich so heftig an sich, dass wir beinahe das Gleichgewicht verlieren.
Nachdem wir uns längere Zeit verabschiedet haben, schwebe ich fast die steile Treppe hinunter.
Zum ersten Mal in meinem Leben bin ich richtig verliebt.

Im Auto war es warm und gemütlich. Mein Chauffeur verstand, lies ein Band mit Ländlermusik laufen und fuhr schweigend durch die Nacht. Aus dem Schamsertal hinaus, durch die Viamala nach Thusis und hinauf nach Dalin.

FREIZEIT-ERLEBNISSE

DOINS

An einem schönen Sommertag stand ich mit Papa, meinem Bruder und Mama am Anfang einer Wiese bei Doins. Einem steilen Gebiet oberhalb des Dorfes, wo sich heute mehrere Ferienhäuschen befinden, die einst Ställe und Hütten waren.

Papa schnallte das Fass um die Hüften und legte die Sense übers linke Knie. Dann griff er zum Wetzstein und begann, seine *Sägasa* zu schärfen.

Das vertraute Geräusch klingt durch den frühen Morgen und löst eine leichte Anspannung in mir aus. Ich tue es meinem Vater gleich und nehme den Wetzstein aus dem hölzernen mit Wasser gefüllten Behälter an meiner Hüfte. Der Stein fühlt sich hart, kühl und vertraut an. Ich wiege ihn in der Hand, betrachte seine Struktur. Er hat die Form eines Bootes mit spitz zulaufendem Bug und Heck. Die schmalen Seiten – vom vielen Wetzen glattgeschliffen – unterscheiden sich stark von den flachen, wo noch Spuren vom Spaltvorgang zu sehen sind. Jedes Ende hätte in der Steinzeit als Pfeil- oder Speerspitze benutzt werden können.
Als ich höre, dass Papa zu mähen anfängt, fahre ich mit dem Stein mehrmals über das Sensenblatt, ziehe ihn langsam und kräftig über das Metall, von unten nach oben, von vorn nach hinten, bis ich das Gefühl habe, dass die Schneide scharf genug ist für d Mägari vo Doins.

Die leichte Anspannung legte sich, als ich hinter Papa die ersten Schwünge machte. Die Sonne schien, doch das Gras war noch feucht. Meine Sense haute ausgezeichnet. Ich spürte und sah, wie die Kraft meiner Arme das Gras schwungvoll auf die Seite legte. Ein wunderbares Gefühl von Lebensfreude und Freiheit durchflutete mich.

Als Papa seine Mahd fertig hatte und meine übernahm, sah ich Freude in seinen Augen. Wohl darüber, dass der Schriftsetzerlehrling auch wieder einmal beim Heuen Hand anlegte.

Es war ein besonderer Tag. Ich mähte, als ob ich nie etwas anderes gemacht hätte. Wir kletterten immer höher. Mama *strütschte*, Papa, ich und mein Bruder schnitten und wetzten und legten Mahde um Mahde auf den Boden.

Dann erreichte ich das kleine Gebüsch in der Wiese, um das jedes Jahr herumgemäht werden musste. Wie schon früher, wenn ich als Bub zu diesem von Gestrüpp überwachsenen Steinhaufen kam, spürte ich etwas Geheimnisvolles. Verborgen zwischen Geröll, geschützt und überwachsen von Wesen, die sich als Stauden verkleidet hatten.

Auf dem Maiensäss Prau Pigniel liegt unterhalb der Hütte ein Felsbrocken in der Wiese. Er ähnelt einem grosses Ei. Papa sagte einmal, das sei ein Findling, von der letzten Eiszeit her dort gestrandet. Als Buben vermuteten wir, dass darin Zwerge wohnen könnten. Wir kletterten darauf herum, untersuchten die Spalten, die den Fels durchzogen, und legten unsere Ohren auf den Stein. Doch alles blieb still. Die Zwerge schienen keine Geräusche zu machen. Oder sie wollten nichts mit uns zu tun haben.

Ein ähnliches Gefühl empfand ich in der Nähe dieser Busch-Wesen. Vorsichtig mähte ich mit der Spitze der Sense bis nah an die Stauden heran. Was war das, was ich fühlte? Ich wusste es nicht, konnte es nicht erklären.

Papa übernahm meine Mahd. Ich lief nach hinten und begann eine neue, näherte mich wieder den Stauden, diesmal seitlich. Nach zwei weiteren Mahden stand ich über der kleinen Oase, was bedeutete, dass ich einmal hangaufwärts mähen musste.

Dann wurde die Wiese steiler. Ich arbeitete wie ein Bergheuer. Stemmte den linken Schuh in den weichen Boden, winkelte das rechte Knie an und schnitt das Gras mit schnellen, kurzen Bewegungen.

Als wir den steilen Teil überwunden hatten und auf dem kleinen Bödali ankamen, war es Zeit fürs Znüni.

Dort steht eine grosse Tanne. Wir setzen uns in ihrem Schatten ins Gras. Mama öffnet den Znünikorb, legt Brot und Speck, Käse und eine Flasche mit Süssmost auf eine Blacha. Ich schneide ein Stück Speck ab, lege es auf eine Scheibe Brot und teile es mit dem Sackmesser in feine Streifen. Das schmeckt wunderbar.
Wir sitzen da, essen, trinken, schauen ins Tal hinunter und betrachten zufrieden die gemähte Wiese.
Kurz bin ich von der «Gutenberg-Insel» wieder auf meine «Heimat-Insel» zurückgekehrt. Ich fühle mich geborgen wie kaum jemals zuvor und empfinde den tiefen Wunsch, für immer zu bleiben. Zuoberst in der Wiese von Doins, im Schatten dieser grossen Tanne, vereint mit meiner Familie.

DIE RÄUBER

Eines Tages beschloss die Knabengesellschaft Präz, ein Theaterstück aufzuführen. Gewöhnlich waren das Lustspiele, sogenannte «Schwanks». Doch diesmal wollte man höher hinaus und etwas Anspruchsvolleres bieten.

Die Wahl fiel auf «Die Räuber» von Friedrich Schiller. Und zwar deshalb, weil das Stück vor dreissig Jahren schon einmal in Präz aufgeführt worden war. Der Vorschlag wurde lange angeregt diskutiert. Die einen fanden es gut, einmal etwas mehr zu wagen. Die anderen warnten eindringlich, das Stück wäre viel zu schwer, weil es schon im Stadttheater in Chur aufgeführt worden und sicher nur etwas für professionelle Schauspieler sei. Die Befürworter liessen sich jedoch nicht entmutigen. Irgendwann wurde abgestimmt und die Mehrheit hielt die Hand für ein Ja in die Höhe.

Jetzt brauchten wir nur noch einen Regisseur. Der Lehrer wollte nichts davon wissen. Nach langem Hin und Her erklärte sich jedoch Pfarrer Caduff bereit, mit uns das Wagnis einzugehen.

Als die Rollen verteilt wurden, wollte niemand den «Alten Moor» spielen, den Vater von Franz und Karl. Nur ich blieb noch für die Rolle übrig.

Ich war erst neunzehn und sollte einen jammernden, zerbrochenen Greis spielen? Das konnte ich mir nicht vorstellen. Doch nachdem man mir versicherte, dass ich das schon schaffen würde, sagte ich zu.

Bei den Proben merkten wir dann, dass die Neinsager nicht ganz Unrecht gehabt hatten. Das Ganze war eine Mammutaufgabe, die uns Laienschauspielern alles abverlangte. Am meisten jedoch litt der Regisseur.

Immer öfters bekam der Pfarrer rote Wangen vor Aufregung. Denn für Spässe oder *ds Chalb macha* hatte er nichts übrig. Er war von Natur aus ein ernsthafter Typ, und das Theater war ein Drama, kein Schwank.

Einer der Räuber hatte von Anfang an gewarnt. Und auch nach fast jeder Probe schlug er vor, das Projekt abzubrechen, weil es zu schwer wäre. Das gab dann jedes Mal endlose Diskussionen, ja sogar Streit. Doch immer wieder zog er den Kürzeren.

Die Beiden, die meine Söhne spielten, waren einiges älter als ich. Mit Franz, dem fiesen, hinterlistigen, verschlagenen Bruder von Karl, hatte ich es als Vater besonders schwer.

Nicht nur, weil er mich mitten im Stück in einen Turm einsperren liess, sondern auch, weil wir bei den Proben immer wieder in Gelächter ausbrachen, wenn wir einen Dialog hatten. Das brachte unseren Regisseur in Rage. Sein Gesicht rötete sich, die kleinen, dunklen Augen hinter der Brille blitzten.

Als dann auch noch Margrit (als Amalia) mitlachte, mit deren Disziplinlosigkeit er sowieso am meisten Mühe hatte, meinte er genervt: «*Am Beschta wär, wenn ma di – wia as Zündhölzli – für d Prob us dar Schachtla näh und grad wiedar ischlüssa könnt.*»

Es fiel mir wirklich schwer, mit neunzehn die Rolle eines alten Mannes zu spielen. Ich überlegte lange, suchte Beispiele, ging die Liste der alten Leute durch, die ich kannte. Doch niemand schien für diese Rolle zu passen. Bis mir mein Neni einfiel. Wie er während der Maul- und Klauenseuche laut reklamierend aus dem Haus gestürzt war, um seine Katze vor dem schussbereiten Polizisten zu retten.

Mit dieser drohend, jammernden Stimme kam ich meiner Rolle des Alten Moor schon recht nahe. Und als ich dann im dunklen Verliess lag, legte ich noch einen Zacken zu. Ich jammerte, seufzte und schrie, dass mein Neni seine helle Freude an mir gehabt hätte. Und auch die Zuschauer liessen sich davon überzeugen.

Kurz vor der Hauptprobe werde ich krank und liege mit einer Angina und hohem Fieber im Bett. Meine Stimme ist nur noch ein Krächzen. So kann ich unmöglich spielen. Einer der Räuber schlägt vor, einen Schauspieler vom Stadttheater als Ersatz zu engagieren, damit der Termin für die Hauptprobe eingehalten werden kann.

Dafür kann ich mich nicht begeistern. Ich will meine Rolle, nach all der Mühe in den Proben, selber spielen. Zum Glück kommt man dann auf eine einfachere Lösung: Das Theater wird verschoben.

Nach einer Woche war das Fieber gesunken und meine Stimme wieder normal. Ich war glücklich, dass ich meine Rolle doch noch spielen konnte. Bei der Hauptprobe hatte ich Angst, dass meine Stimme versagen oder ich einen Einsatz verpassen könnte. Doch bis auf einige kleine Patzer ging alles gut.

Als wir Laienschauspieler uns nebeneinander auf der Bühne aufreihten und der Applaus des Publikums an meine Ohren drang, wusste ich, dass sich alle Mühe gelohnt hatte.

FASZINATION KINO

Als ich fünfzehn war, lief im Kino Rätia in Thusis der Film «Der Schatz im Silbersee». Mein älterer Bruder und ich hatten seit ein paar Jahren die Karl May Bücher verschlungen und wollten unbedingt auch den Film sehen. Doch Papa hatte Bedenken. Um sich abzusichern, rief er einen jüngeren Bauer in Sarn an der, wie er glaubte, näher an dieser Sache dran war. Zu unserer Freude sagte Hansli Hänny dann, dass das nichts Schlimmes sei, worauf Papa seine Erlaubnis gab.

Es war Winter. Wir schlittelten die alte Strasse von Präz durab bis nach Summaprada, deponierten unsere Schlitten hinter einem Stall und liefen auf der Hauptstrasse nach Thusis zum Kino.

Mein erster Kinobesuch. Ich war völlig überwältigt. Nur schon die riesige Leinwand faszinierte mich. Dann die Einrichtung, die abgestuften Sitzreihen mit den roten Sesseln.

Als es dunkel wurde und die Bilder zu laufen begannen, wurde ich sofort Teil des Geschehens. Nach dem Filmende hatte ich Mühe, mich wieder in der realen Welt zurechtzufinden.

Mit sechzehn, kaum dass ich die Lehre angefangen hatte, sah ich meinen zweiten Kinofilm: «Feuerball» mit James Bond.

Wieder sass ich in einem dieser roten Sessel, und abermals war ich hin und weg. James Bond trat an die Stelle von Old Shatterhand und Winnetou. Er war beides. Ich lebte mit ihm, kämpfte mit ihm, siegte mit ihm.

An diesem Samstagabend wurde bei der Marktwiese gefestet. Laute, romantische Musik. Eine farbig beleuchtete Bühne auf der getanzt wurde. Rundherum Tische und Bänke, wo junge Leute sassen, tranken, lachten und flirteten.

Ich mischte mich unter die Menge, fühlte mich stark und unbesiegbar. Prüfend schaute ich mich um, merkte mir jedes Detail, fand jedoch nichts Verdächtiges. Rundum tanzende, lachende, glückliche Leute. Kein Bösewicht in Sicht, gegen den ich meine Walter PPK hätte ziehen müssen.

Als ich bemerkte, dass mich ein Mädchen bewundernd beobachtete, war das für mich der Beweis, dass ich kaum mehr von meinem Idol zu unterscheiden war. Was mir noch fehlte, war nur der Schlüssel zum Aston-Martin und die Fahrprüfung dazu.

Die Tatsache, dass ich einen Tag später wieder mit dem Winkelhaken in der Hand am Satzregal stehen und mit Bleibuchstaben Druckvorlagen erstellen würde, passte in keiner Weise zu der Welt, in der ich mich im Moment befand.

Als Lehrling durfte ich nicht unbeschränkt in den Ausgang. Im Lehrvertrag stand, dass ich um zehn Uhr abends zu Hause sein musste, so wie später im Militär. In Dalin konnte das mein Lehrmeister nicht kontrollieren, aber das war auch nicht nötig. Die einzige Möglichkeit dort hätte darin bestanden, das Wirtshaus Plattas in Präz zu besuchen.

Eines Abends las ich im Freien Rätier, dass im Kino Rätia in Thusis ein gewagter Film eines berühmten Regisseurs laufen würde. Ich war gerade achtzehn geworden und wollte diesen Film unbedingt sehen. Mein Bruder gab mir sein Töffli, und ich fuhr los.

Mit einem mulmigen Gefühl im Bauch stand ich in der Reihe vor der Kinokasse. Rundum ältere Leute, die den Jüngling neugierig musterten. Dann war ich dran. Ich schob meinen Ausweis unter der Scheibe durch. Die Kassiererin warf einen Blick darauf. Ich bekam meinen Ausweis wieder und das Ticket dazu. Erleichtert lief ich in den halbdunklen Raum, liess mich in einen Sitz fallen und war schon dort, wo alles möglich ist: In der Welt der Phantasie.

Der Film ist ein Kunstwerk in schwarz-weiss! Ich bin hin und weg. Die atmosphärische Dichte ist so stark, dass ich nach Filmende wie in Trance aus dem Kino taumle. In diesem Zustand kann ich nicht nach Hause fahren. Also laufe ich noch etwas durchs Dorf. An der Post vorbei bis zum Volkshaus.

Die Strasse ist fast leer. Doch dann begegnet mir ein Mann,
der mir bekannt vorkommt: Mein Lehrmeister.
Der Mann, der genau weiss, dass ich – laut Lehrvertrag – um
diese Zeit nicht mehr auf der Strasse sein sollte.
Ich sage «Guata n Abad …» Er grüsst, leicht ungehalten, wohl
damit ich merke, dass er weiss, dass ich zu spät unterwegs bin.

Dann war ich beim Töffli, startete und fuhr mit der höchstmöglichen Geschwindigkeit, die mit diesem Gefährt möglich war, über die Hauptstrasse nach Summaprada und weiter den Wald hinauf.

Während der ganzen Fahrt war ich in Gedanken noch im Kino, erlebte das Gesehene wieder und immer wieder. Der Film begleitete mich ins Bett und bis in meine Träume.

Und auch noch am nächsten Tag überblendeten die Szenen und Bilder meine Gedanken, bis sie dann gegen Abend langsam verblassten.

MAGGLINGEN

Heute weiss ich nicht mehr genau, wer oder welche Umstände mich mit neunzehn dazu brachten, in meinem letzten Lehrjahr einen Vorunterrichts-Leiterkurs in Magglingen zu besuchen. Vermutlich mein ehemaliger Sekundarschullehrer, der das Turnen in Präz leitete.

Ich liess mich überreden und sass bald darauf mit einem Koffer, der alles enthielt, was ich für eine Woche brauchte, im Postauto nach Thusis. Fuhr mit der RhB nach Chur und mit der SBB nach Biel. Es war ein seltsames Gefühl, zum ersten Mal allein so weit zu reisen.

Nach etwa fünf Stunden kam ich in Biel an, stieg aus dem überfüllten Zug und lief, den kleinen braunen Koffer in der Hand, mit einer Menge Leute zusammen zum Bahnhofausgang.

Mit etwas Glück fand ich die Station der Standseilbahn, die seit 1887 nach Magglingen hinauffährt, löste ein Billett, stieg ein und setzte mich auf eine Bank am Fenster.

Auf der Fahrt werde ich von einem alten Mann angesprochen. Er ist neugierig und möchte wissen, woher ich komme. Als ich sage, dass ich ein Bündner bin, erlebe ich zum ersten Mal, dass das irgendwie beeindruckt. Er schwärmt von meinen Bergen, der schönen Landschaft und der guten Luft.

Seine Begeisterung beruhigt mich, wertet mich auf und gibt mir Selbstvertrauen. Das habe ich auch dringend nötig, denn als ich mich dem grossen Gebäude der Sportschule nähere, joggen ein paar junge, gutaussehende, sportliche Damen auf mich zu. Anhand der Werbeaufnäher auf ihren Trainingsanzügen sehe ich, dass es sich um die Junioren-Elite der schweizerischen Ski-Nationalmannschaft handelt.

Ehrfürchtig beobachtete ich die Mädchen, die lachend und plaudernd leichtfüssig an mir vorbeiliefen. Leider ohne mich eines Blickes zu würdigen.

Etwas gefrustet lief ich zum Haupteingang und zum Empfang. Dort sass ebenfalls eine sportlich aussehende junge Dame. Sie wenigstens war freundlich zu mir. Ich musste ein Formular ausfüllen, unterschreiben und erhielt die Nummer für ein Zweierzimmer im ersten Stock.

Auf einem der zwei Betten sass bereits ein Kursteilnehmer. Etwa zehn Jahre älter als ich und, wie ich bald merkte, mit jahrelanger Leitererfahrung. Er gab mir die Hand, nannte seinen Namen und beachtete mich dann nicht mehr. Und das blieb auch so, die ganze Woche.

Diese «Insel» bestand offenbar aus lauter nicht an Kontakt interessierten Einzelgängern. Das war ungewohnt für mich. Doch ich liess mich nicht entmutigen und beschloss, das Beste aus der Situation zu machen.

Anstelle eines Weckers hallte am nächsten Morgen um sechs Uhr laute Marschmusik durch die langen Gänge der Sportschule. Um sieben Morgenessen, um acht begann der Unterricht. Am Morgen Theorie, am Nachmittag Training. Jeden Tag, die ganze Woche.

Das Training war intensiv. Zuerst in der Turnhalle, dann ging es hinaus zum Intervalltraining. Einen Hügel hinaufrennen, langsam wieder hinunterlaufen, bis der Puls unter hundert war. Dann wieder hinauf, wieder hinunter und wieder hinauf. Zehnmal oder mehr.

Nach zwei Tagen hatte ich solch einen Muskelkater, dass ich kaum noch laufen konnte. Der ganze Körper fühlte sich an, als ob er aus Blei wäre. Jede Bewegung schmerzte. Und immer war ich das Schlusslicht. Alle anderen hatten schon Erfahrung, leiteten seit Jahren eine Gruppe, waren sportlicher und schneller.

Nur einmal erhielt ich ein Lob vom Trainer. Am dicken Kletterseil Anlauf nehmen, in die Höhe schwingen, zurück, mit den Füssen abstossen, in die Gegenrichtung schwingen und wieder zurück. Das konnte ich fast besser als alle anderen.

Meine beste Bewertung erzielte ich im Bereich der Kommunikation. Ich war ein freundliches Wesen und an den Menschen interessiert. Ich bemerkte, dass der Trainer mich erstaunt beobachtete. Scheinbar war das nicht üblich. Alle anderen taten, als ob sie sich fremd wären und es auch für immer bleiben wollten.

Eines Abends gibt es zum Znacht ein Gericht, das ich schon als Bub zu Hause nie gegessen habe. Niemals, unter keinen Umständen: Leber! Als Beilage gelben Reis und Salat. Ich habe Hunger und starre auf die kleinen, dunkelbraunen Stückchen Fleisch, die auf meinem Teller liegen und ganz appetitlich aussehen. Aus Erfahrung weiss ich aber, dass sie mir Brechreiz verursachen werden. Ich nehme mein Besteck und schiebe etwas Reis auf die Gabel. Kaue, schmecke, hege den Verdacht, dass der Lebergeschmack sich auf den Reis übertragen haben könnte.

«Tuan nit so tumm, stell die nit so an!», sage ich mir. Ich gebe mir einen Ruck, schiebe etwas Leber auf die Gabel und schnell ins Maul. Bevor ich anfangen kann zu kauen, würgt sich das unverträgliche Zeugs schon in meine hohle Hand.

*Ich schiebe es mit der Gabel an den äussersten Tellerrand und
spüle den grausigen Geschmack mit Mineralwasser hinunter.*

Es wurde Freitag. Mein Muskelkater hatte sich etwas gelegt, und
ich fühlte mich besser. Auch, weil ich nicht mehr so ganz der Aus-
senseiter war. Es war mir gelungen, ein paar Kollegen ab und zu in
ein kurzes Gespräch zu verwickeln.

Nach dem Nachtessen ging ich nach draussen und lief durch
die Anlage der Sportschule. Weil Magglingen auf einem Plateau auf
875 Meter über dem Bielersee liegt, konnte ich fast 180 Grad vom
Himmel sehen. Unzählige Sterne glitzerten. Es war wie in einem
Märchen. Ich setzte mich auf einen Hügel, verlor mich in Gedanken. Nahm Abschied von dieser «Insel», auf der ich eine Woche
verbracht hatte, an die ich mich für immer erinnern würde.

Am nächsten Morgen erhielten wir unsere Leiterdiplome. Ich
war froh, dass ich wieder nach Hause durfte, zu Leuten, mit denen
man reden konnte und die etwas Wärme für mich übrig hatten.

AUF DEM PIZ BEVERIN

*Es ist drei Uhr morgens als Christa und ich von Dalin aus
zu unserer Wanderung aufbrechen. Wir laufen im Dunkeln
über Doins hinauf nach Prau Pigniel und von dort querfeldein Richtung Porteiner Alp.
Unterwegs sind wir über einen Zaun geklettert und in ein
Ried geraten. Christa ist schon durch, als er merkt, dass ich
bis zu den Knöcheln im Sumpf stecke. Ob es geht, ruft er. Ja,
es geht. Ich befreie mich, und wir laufen weiter querfeldein.
Am frühen Morgen kommen wir auf dem Glaspass an.*

Während meiner ganzen Kindheit konnte ich beim Heuen
von Prau Pigniel aus diesen Berg sehen. Und an einem Sonntag bei

einem Ausflug auf den Glaspass sogar aus der Nähe. Trotzdem sah er im Moment *gfürchig* aus. Und da wollten wir hinauf? Ich war achtzehn, Christa zehn Jahre älter und mit Natur und Gefahr vertraut. Also verliess ich mich ganz auf seine Führung und lief hinter ihm her. Vom Glaspass über den schmalen Wiesenpfad auf den grossen, vorgeschobenen Hügel, der fast so aussah wie ein riesiger Bergschuh vom Beverin.

Bald gelangten wir auf den Felsenpfad, der im Zickzack hin und her und immer weiter hinaufführte. Christa trug gute Bergschuhe, ich nur Lederstiefel, die bis zu den Knöcheln reichten und wenig Halt boten. Heute würde man das fahrlässig nennen. Damals sah man das nicht so streng. Die Töfffahrer trugen keinen Helm und die Velofahrer schon gar nicht. Und auch die Anschnallpflicht im Auto gab es noch nicht. Das Gurtenobligatorium wurde in der Schweiz erst am 1. Juli 1981 eingeführt.

Der Aufstieg verlief problemlos. Wir hatten gutes Wetter, der Fels war trocken und der Pfad meist gut begehbar. Nur an ein paar Stellen mussten wir über etwas Geröll klettern. Als ich einmal länger in die Tiefe schaute, wurde mir schwindlig. Wenn man da ausrutschte, war man verloren.

Der Aufstieg ist streng, aber nicht zu anstrengend. Ich kann mit Christa gut mithalten. Punkt zwölf Uhr mittags stehen wir auf dem Gipfel des Piz Beverin. Neun Stunden haben wir von Dalin bis auf 2997 m ü. M. gebraucht. Ein kalter Wind weht über den Berg. Begeistert darüber, dass ich es geschafft habe, bewundere ich die grandiose Aussicht. Christa macht Fotos. Eines, wie ich ans Steinmandli gelehnt dasitze. Leider ist das Bild nicht mehr auffindbar.
Wir öffnen den Rucksack, verpflegen uns, ruhen etwas aus. Nach einer guten Stunde machen wir uns an den Abstieg nach Wergenstein, wo das Postauto wartet.

Heinzenberg mit Piz Beverin (2997 m ü.M).

Der steile Abstieg schlug mir in die Beine. Ich war erleichtert, als wir endlich im Dorf ankamen. Seit drei Uhr morgens unterwegs, neun Stunden hinauf und ein paar Stunden hinunter. Aufatmend setzte ich mich bei der Posthaltestelle auf einen grossen Stein.

Dann sitzen wir im Postauto. Ich glücklich wie auf der ersten Schulreise, weil die Lauferei zu Ende ist, ich ausruhen kann. In Andeer steigen wir aus und warten auf die Weiterfahrt nach Thusis. Auch diese Fahrt geniesse ich. Als wir aussteigen, ist es fast dunkel. Vergebens suchen wir das Postauto nach Dalin. Es ist schon weg. Wir müssen laufen.

Wir waren seit drei Uhr morgens unterwegs und über zwölf Stunden gelaufen. Ich kann mich erinnern, wie wir beim Hotel Reich stehen, kurz ausruhen und dann loslaufen. Zwei Stunden den Berg hinauf nach Dalin.

Gemeindeversammlung

Im letzten Lehrjahr, am 25. Januar 1970, wurde ich zwanzig. Einige Zeit später durfte ich Papa an die Gemeindeversammlung in Präz begleiten. Damit zeigte er mir, dass ich für ihn von nun an erwachsen war. Ich freute mich und spürte, wie stolz er war, dass sein Sohn ihn zu dieser politischen Versammlung begleitete.

Es war Frühling und noch hell. Wir liefen an Sogn Onna und am Hof Curscheglias vorbei zum Tanzsaal und von dort hinunter ins Schulhaus, wo die Versammlung stattfand. Papa trug den grauen *Tschopen* mit dem Fischgratmuster, den er immer anzog, wenn er unter die Leute ging. Zur Gesangsprobe im Männerchor Heinzenberg, nach Thusis oder Cazis auf den Viehmarkt oder auch, wenn er an einem Schützenfest teilnahm.

Die Gemeindeversammlung fand in der Turnhalle statt, ich der ich schon als Schüler herumgesprungen war.

Mehrere Reihen Stühle waren aufgestellt worden, die darauf warteten, von ernsthaften Männern der Gemeinde Präz und der beiden Fraktionen Raschlinas und Dalin besetzt zu werden.

Politik war damals Männersache. Das Frauenstimmrecht auf eidgenössischer Ebene wurde erst am 7. Februar 1971 in Graubünden eingeführt. Bis die Frauen auch in den Gemeinden mitreden und mitbestimmen konnten, dauerte es bis 1983, teilweise noch immer gegen den Willen der Männer.

Die Teilnehmer der Gemeindeversammlung waren überrascht und erfreut, begrüssten mich jedoch auch mit etwas Skepsis. Es war nicht üblich, dass ein so junger Busche schon an der Gemeindeversammlung teilnahm.

Ich setzte mich neben Papa in die erste Reihe, und die Versammlung begann. Der Präsident eröffnete die Zusammenkunft und sprach zu den teilnehmenden Bauern, Nachbarn und ehemaligen Schulkameraden, als ob sie Fremde wären. Dann kam er zum ersten Traktandum und die Diskussion wurde freigegeben.

Der alte Deia, der ein paar Stühle weiter in der ersten Reihe sass, hielt die Hand auf und erhielt das Wort. Er eröffnete sein Anliegen mit den Worten «Herr Präsident» ... Das verstand ich nicht. Wieso wurde er mit «Herr Präsident» angesprochen?

Dieses förmliche Verhalten kam mir abwegig vor. Ich beschloss, das nicht mitzumachen. Bei der nächsten Gelegenheit äusserte ich mich, ohne den «Herr Präsident» durch aufhalten der Hand um Erlaubnis zu fragen.

Schlagartig wandten sich alle Köpfe dem Grünschnabel zu, der anscheinend noch keine Ahnung von Anstand und Tradition hatte. Ich spürte, dass ich gewaltig ins Fettnäpfchen getreten war, doch zum Glück nahm man es mit Humor.

Der alte Deia schmunzelte. Seine Augen leuchteten, als er nachsichtig auf meine Frage einging. Es dauerte nicht lange und andere Männer äusserten sich. Männer, die eigentlich für mich eine Art Freunde waren, da sie meine ganze Kindheit begleitet hatten.

Das gefiel mir. Es war gerade das, was ich bezweckt hatte. Die ganze steife Versammlung wurde aufgemischt, und plötzlich gab es eine rege, ganz natürliche Diskussion, die der Herr Präsident nur mit Mühe wieder in geordnete Bahnen lenken konnte.

Was Papa dachte, weiss ich nicht. Ich kann mich nicht erinnern, dass er mich zurechtgewiesen oder später darauf angesprochen hätte.

FEUERWEHR

Als ich noch ein Bub war, holte Papa manchmal am Abend das Feuerwehrhorn aus dem Holzkasten, der in der Nähe vom Dorfbrunnen an der hohen Mauer hing, die den Garten von Gieri und Mengia zur Strasse hin abgrenzte. Damit lief er dann durchs Dorf und blies ein paar Mal kurz hinein.

Manchmal machte das aber auch Öhi Balza. Im Gegensatz zu den kurzen Auftritten von Papa lief er mehrere Male durchs Dorf und blies so kräftig ins Horn, als ob sämtliche Häuser in Dalin bereits in Vollbrand stünden, worauf die feuerwehrfähigen Männer aus ihren Häusern gesprungen kamen und zusammen eilig hinaus nach Präz liefen, wo die Feuerwehrübung stattfand.

Vermutlich wurden damals aber auch ab und zu in Dalin Feuerwehrübungen abgehalten. Ein kurzes Erinnerungs-Video zeigt mir eine Szene, in der in Dalin mit Wasser prall gefüllte Feuerwehrschläuche auf der Strasse beim Dorfbrunnen liegen und Feuerwehrleitern an den Stall von Gieri gestellt werden, auf denen die Männer aufs Stalldach hinaufklettern.

Der einzige Brand in der Gegend, an den ich mich erinnern kann, ist der vom Pfarrhaus in Präz. Mama erzählte auch manchmal vom grossen Dorfbrand in Sarn, bei dem mehrere Häuser abgebrannt seien. Nikolaus Lanicca, der Götti meines Bruders Albert, soll im letzten Moment noch aus dem brennenden Bett gerettet worden sein.

Eines Tages, als ich von der Lehre nach Hause kam, hiess es, dass auch ich nun, weil alt genug und es obligatorisch sei, bei der Feuerwehr mitmachen müsste.

Dass die Feuerwehr nicht mein Ding war, fand ich bald heraus. Die ungewohnte hierarchische Struktur, in der ich ganz unten auf der Leiter stand, und die damit verbundene Befehlerei des Kommandanten löste in mir einen grossen Widerwillen aus. Vielleicht auch, weil ich – vor der Rekrutenschule – noch nicht daran gewohnt war.

Die grösste Mühe hatte ich mit dem Zusammenschrauben der schwerfälligen, nassen Schläuche. Meine kleinen Hände waren nicht dafür geschaffen und auch nicht mehr an solche Arbeiten gewohnt.

Ich kann mich erinnern, wie ich herumkommandiert und zusammengestaucht wurde, weil ich nicht begriff, was ich machen musste. Verständlicherweise war das nicht sehr motivierend.

Natürlich musste ich auch in der Lehre tun, was der Ausbilder sagte, doch nicht auf der Basis von Befehlen. Auch dort lehnte ich mich manchmal innerlich auf, besonders beim neuen Ausbilder. Doch das musste ich aushalten und tat es auch.

In Chur, wo ich nach der Lehre arbeitete, bestand das Problem mit der Feuerwehr nicht. Und auch nicht an meinem heutigen Wohnort. Da gibt es eine freiwillige Feuerwehr, die nicht auf mein praktisches Talent angewiesen ist.

ZÜRIDIALEKT

Wenn im Sommer meine Leute auf Prau Pigniel am Heuen waren, wurde ich von Bäsi Anna, Öhi Balza und Nana in ihrem neuen Haus beim Dorfeingang am Dalinertobel betreut. Ich schlief dort, bekam *Zmorga*, bevor ich mit dem Postauto nach Thusis in die Lehre fuhr, und *Znacht*, wenn ich am Abend gegen sechs Uhr wieder von der Arbeit in Dalin ankam.

In der «Pignia», dem Haus, das mein Öhi Götti Christli 1965 gebaut hatte, herrschte ein strenges Regime. Meine Tante gab den Ton an. Öhi Balza, Nana und ich mussten *folgen*.

Auch gekocht und gegessen wurde anders, als ich es gewohnt war. Der Öhi schaufelte, den linken Arm unter dem Tisch, schweigend in sich hinein, was auf dem Teller lag. Seine Schwester hingegen sass kerzengerade auf ihrem Stuhl. Nur Nana schien entspannt zu sein. Ab und zu schaute sie mich lächelnd an, als ob wir zwei ein geheimes Abkommen hätten.

Weil meine Bäsi ständig ein Auge auf mich hatte, und auch der Onkel penibel darauf schaute, dass im neuen Haus nichts kaputt gemacht wurde, fühlte ich mich nie ganz wohl.

Öhi Balza bläute mir sogar ein, nur wenig Toilettenpapier zu verwenden, weil es sonst den Abfluss im neuen WC verstopfte. Dieses Problem gab es mit unserem *Hüsli* wenigstens nicht.

Das neue Haus hatte Tante und Onkel irgendwie verändert. Sie waren keine Bauersleute mehr. Öhi Balza arbeitete bei einer Baufirma in Thusis und half nicht mehr beim Heuen. Bäsi Anna war mit ihrem Romanisch beschäftigt, schrieb, dichtete und bastelte in ihrem schön eingerichteten Zimmer für die Scoletta. Nur Nana hatte sich nicht geändert. Sie hatte immer noch Sorgen, nahm ab und zu eine Contraschmerz wegen irgendwelchen Beschwerden und wurde von Bäsi Anna herumkommandiert, was sie mit einem ergebenen Lächeln hinnahm, hinnehmen musste.

Mein Götti Christli wohnt mit seiner Familie im Tösstal, und wohl deshalb kamen eines Tages zwei Mädchen mit *Züridialekt*, wenig jünger als ich, zu uns in die Ferien.

Susanne und Nadine waren in jeder Hinsicht verschieden. Susanne gross, kräftig und vorlaut; Nadine feingliedrig, sensibel und zurückhaltend. Die beiden jungen Damen wohnten bei uns und schliefen neben meinem Zimmer im oberen Stock, was Bäsi Anna vermutlich etwas Sorgen bereitete. Hatte man ihr doch vor ein paar Jahren erzählt, dass man mich mit einem Mädchen während dem Fangis machen in Präz beim Küssen erwischt hatte.

An einem Abend lief ich mit den beiden Zürcher Mädchen nach Präz. Was wir dort machten, weiss ich nicht mehr. Ich kann mich nur noch an den Heimweg erinnern.

Es dämmert schon leicht, als wir auf dem Rückweg bei der Sennerei vorbei und den Weg hinauf zum Tanzsaal laufen.
Susanne scheint zu spüren, dass Nadine und ich uns mögen. Aufgeregt palavert sie vor sich hin, wohl um uns zwei «in der Spur» zu halten.
Schweigend laufe ich neben Nadine her. Nach einer Weile nehme ich allen Mut zusammen und berühre mit meiner rechten Hand die ihre. Sie hält dagegen. Und dann schieben sich unsere Hände für kurze Zeit ineinander. Unbemerkt von Susanne laufen wir so bis zum Tanzsaal.

Näher kamen Nadine und ich uns nicht. Ich fuhr jeden Tag mit dem Postauto nach Thusis in die Lehre. Als ich an einem Abend nach Hause kam, waren die beiden Mädchen abgereist.

Nadine habe ich nie mehr gesehen, noch etwas von ihr gehört. Doch vergessen habe ich sie nicht.

EIN ANDERER WIND

GESELLENJAHRE

Meine Freundin, die ich in Andeer auf dem Tanz kennengelernt hatte, fand für mich über die Zeitung ein Separatzimmer an der Tittwiesenstrasse in Chur. Weil es nicht sofort bezugsbereit war, verbrachte ich die ersten Nächte bis zum Stellenantritt im Bündner Tagblatt im ehemaligen Volkshaus und heutigen Hotel Obertor.

Als ich am 4. Mai 1970 vom deutschen Abteilungsleiter empfangen wurde, wusste ich noch nicht, wie anders alles sein würde. Doch das merkte ich bald. Die Schonzeit des Lehrlings war vorbei. In der *Buch- und Offsetdruckerei AG Bündner Tagblatt* herrschte ein ganz anderer Wind als im Lehrbetrieb. Gearbeitet wurde von sieben bis zwölf Uhr und von vierzehn bis achtzehn Uhr. Und das in einem ganz anderen Rhythmus, als ich es gewohnt war.

Der Faktor (Setzereileiter) sitzt etwas erhöht in einer Ecke des grossen Raumes auf einer Art Empore, von wo aus er seine Arbeiter an den Satzregalen überwacht.
Jede Arbeit ist so weit vorbereitet, dass mir nur noch das Zusammenbauen übrigbleibt. Der Satz kommt in Form von fertigen Bleisatzzeilen aus dem Raum der Maschinensetzer, ist bereits gelesen und korrigiert.
Herr Pfadenhauer legt das Schiff mit dem Text vor mich auf das Regal und gibt Instruktionen zum Auftrag. Dabei sieht er mich etwas abschätzig von der Seite an. Als ob er nicht sicher wäre, ob ich das schaffen würde.
Zum Schluss teilt er mir mit, wie viel Zeit ich für diese Arbeit zur Verfügung habe. Dann wippt er ein paar Mal von den Fersen auf die Zehenspitzen, bis er sicher ist, dass ich alles verstanden habe, und verzieht sich wieder auf seinen Posten.

Auf dem Bauernhof arbeiten war nicht zu vergleichen mit dieser Art Arbeit. Im Sommer war man dort manchmal viel länger auf den

Beinen. Da war man aber im Freien, im Stall oder am Hüten. Es war keine Arbeit mit Zeitdruck. Dort fühlte ich mich frei.

Es gab aber auch Sonnenschein im BT. Einer dieser Lichtblicke war Stefan, der mich vom ersten Tag an unter seine Fittiche nahm. Drei Jahre älter, etwas kleiner als ich, blond, humorvoll und scheinbar froh, mich um sich zu haben. Bald verbrachten wir die zweistündige Mittagspause zusammen. Nach dem Essen setzten wir uns manchmal an den kleinen runden Tisch in der Ecke neben dem Eingang zum Rätushof, tranken einen Kaffee und sahen *da Maitla* nach, die vorbeiliefen.

Das Wichtigste im Leben von Stefan war Fussball. Im Juni 1970 sassen wir im Café Buchli, wo der Halbfinal der Fussbal-WM in Mexiko zwischen Deutschland und Italien bereits auf einem Farbbildschirm verfolgt werden konnte. Stefan war äusserst zufrieden, dass Italien in der Verlängerung Deutschland aus dem Turnier warf und völlig aus dem Häuschen, als am darauffolgenden Sonntag im Final «seine Mannschaft» Brasilien zum dritten Mal Weltmeister wurde.

Für mich war es neu, dass ich auf diese Art mit Fussball in Berührung kam. Stefan versuchte mit Feuereifer, mir seine Sportart näher zu bringen. Nicht sehr erfolgreich muss ich sagen, besonders beim Abseits hatte ich Mühe. Natürlich fehlte mir auch die Praxis. Das führte dann dazu, dass er mich beim ersten Firmenfussball-Match als Verteidiger aufstellte und bei späteren Matches fragte, ob ich nicht lieber ins Tor wolle.

Dort war ich dann, wie schon als Bub in Präz, in meinem Element. Da fühlte ich mich wohl, weil ich nur für mich allein verantwortlich war. Als Goali hielt ich dann einmal – wenn auch viele Jahre später – an einem Grümpelturnier in Bonaduz so viele Bälle, dass meine Mannschaft bis in den Final kam.

Stefan habe ich viel zu verdanken. Ohne ihn hätte ich allein zu Mittag gegessen und wäre mit den Kollegen in der Abteilung nicht so gut zurechtgekommen. Er war Freund, Vermittler und Coach, wenn es darum ging, mein neues Leben in den Griff zu bekommen.

Ein anderer Lichtblick war Clemens, ein Verwandter von Stefan. Ebenfalls aus Rhäzüns und mit einem Humor gesegnet, mit dem er immer wieder die starre Arbeitszeit auflockerte.

Herr Oberhänsli, Chef und Inhaber vom BT, war ein kleiner, dynamischer Mann. Jeden Morgen lief er mit erhobenem Kopf durch die Setzerei und rief ein markiges «Guata Moaga» durch die Abteilung.

Clemens, als Romanisch sprechender Rhäzünser, nennt ihn «Gion sura», was in seiner Muttersprache wörtlich übersetzt so viel heisst wie «Oberer Hans». Wenn er Herr Oberhänsli kommen sieht, bückt er sich hinter sein Satzregal und ruft: «Adatsch (Achtung), Gion sura!»

Auch Herr Pfadenhauer wird ab und zu gefoppt. Dazu geht Clemens hinter seinem Regal in die Hocke, sodass er vom Abteilungsleiter nicht mehr zu sehen ist.

Nach einer Weile steht der Faktor auf, schaut suchend umher und bricht zu einem Kontrollgang auf. Clemens lacht sich währenddessen einen Schranz hinter seinem Regal, steht aber immer wieder aufgerichtet da, wenn Herr Pfadenhauer seine Gasse passiert.

Manchmal gab er plötzlich einen lauten Schrei von sich, eine Art Urschrei tief aus der Kehle: «Aaahhdeiii!!!» Es klang nach Leid und Schmerz und Auflehnung, aber auch nach Provokation und Herausforderung. Meine Katze gibt ab und zu ähnliche Laute von sich, wenn sie zuviel Bambusblätter auf dem Balkon gefressen hat und alles von sich geben muss.

Ein Original war auch der rothaarige Gieri aus Disentis, mit dem zusammen ich die Eignungsprüfung im Grabenschulhaus gemacht hatte.

Was heute an keinem Arbeitsplatz mehr erlaubt ist, war damals selbstverständlich. Gieri hielt – wie auch andere Setzer, Maschinensetzer und Drucker – während der Arbeit immer eine Zigarette zwischen den Fingern. Wenn er beide Hände länger brauchte, behielt er sie zwischen den Lippen und arbeitete – ein Auge des Rauches wegen geschlossen – so weiter.

Stefan rauchte, Clemens, beide Inseratesetzer. Paul, der Tagblatt-Metteur. Als Nichtraucher war ich eine Ausnahme. Manchmal, wenn wir zusammen im Ausgang waren, bot man mir eine Zigarette an. Ich nahm sie, liess mir Feuer geben, zog etwas daran, wusste jedoch nicht warum. Dann hielt ich sie in der Hand, bis sie erlosch. Danach liess man mich in Ruhe.

Gieri liess sich in keiner Weise hetzen oder vom Vorgesetzten zu einem schnelleren Arbeitstempo antreiben. Es schien fast, als ob die Arbeit zweitrangig und er in erster Linie da wäre, um zu rauchen. Bei anderen Rauchern war es anders. Sie zündeten immer eine an, wenn es hektisch wurde.

Bei Paul, der die Tagblattseiten zusammenstellte, genügte das Rauchen allein aber nicht: Während er arbeitete und rauchte, liess er auch noch seinem Ärger freien Lauf. Besonders ausgiebig dann, wenn die Redaktoren «Schöbi» und Alois Maissen, der spätere Regierungsrat, im letzten Moment noch mit einem Text angelaufen kamen, der auch noch in die Zeitung musste.

Paul musste dann die betreffende Seite wieder auseinandernehmen, den neuen Text einfügen und den Umbruch neu erstellen. Manchmal hörte man seinen Ärger so laut, dass die beiden Redaktoren sich kaum in seine Nähe trauten.

Fast dreissig Jahre später sitze ich Paul mehrere Jahre bei der Arbeit gegenüber. Jeder an seinem Mac. Paul ist zuständig fürs Kantonsamtsblatt. Die Rolle der Redaktoren haben die E-Mails eingenommen, die in unberechenbarer Reihenfolge vom Kanton und den Gemeinden eintreffen, verarbeitet werden müssen und Paul nun regelmässig in Rage bringen.

Die grosse Setzerei im Bündner Tagblatt war aufgeteilt in Handsatz, Maschinensatz, Inseratensatz und Zeitungsumbruch. Die Maschinensetzer hatten einen höheren Status als die Handsetzer, da sie sich weitergebildet hatten.

Wenn man weiss, was sie den ganzen Tag machten, kann man sie am ehesten mit den späteren «Tippeusen» vergleichen. Natürlich mussten sie mit der Maschine zurechtkommen, was nicht immer so einfach war, denn ab und zu klemmte etwas in diesem massiven Metallungetüm. Es musste geschmiert, geputzt und manchmal auch repariert werden. Abgesehen davon bestand die Aufgabe dieser Berufsleute nur darin, Text in die Tastatur zu tippen. Sie bekamen ein fertig ausgearbeitetes Manuskript, wo Satzbreite, Schriftgrösse, Schriftart und Einzüge genau angeschrieben waren.

Es gab zwei Kriterien, um einen Maschinensetzer zu bewerten: Manche waren schnell, machten aber viele Fehler. Andere waren langsam, hatten jedoch eine geringe Fehlerquote. Einen, der sehr schnell war und erst noch wenig Fehler machte, lernte ich erst ein paar Jahre später in der Buchdruckerei Bischofberger kennen.

Wenn die Maschinensetzer eine bestimmte Anzahl Zeilen gesetzt und gegossen hatten, kam der Satz in die Abziehpresse. Dort stand ein junger Mann, der nur für diese Tätigkeit eingestellt worden war, der «Abzieher». Seine Aufgabe bestand darin, alles, was vom Hand- und Maschinensatz kam, für den Korrektor auszudrucken.

Franz, ein ehemaliger Schriftsetzer, der sich zum Korrektor weitergebildet hatte, sass den ganzen Tag hinter einer Scheibe in einem von der Setzerei abgetrennten Raum und korrigierte von Akzidenz bis Zeitungssatz alles, was gedruckt werden musste.

Die beiden Inseratesetzer arbeiteten nebeneinander an einem Satzregal, das quer zu den Gassen der Handsetzer stand. Auch meist mit einer Zigarette zwischen den Fingern. Caluori, ein älterer Mann mit dünnen, nach hinten gekämmten roten Haaren und Märzenflecken im Gesicht, beobachtete meist argwöhnisch das lockere Verhalten der jungen Kollegen, wohl weil deren Arbeitsmoral nicht ganz mit seiner übereinstimmte.

Traub, sein älterer Kollege, nahm es lockerer. Während er langsam und bedächtig die Inserate zusammenbaute, qualmte zwischen Zeige- und Mittelfinger der linken Hand den ganzen Tag ein schönes, blaues Räuchlein über die Bleibuchstaben und verflüchtigte sich, bevor es die Neonröhre an der Decke erreichte.

Dann war da noch «Märry». Ein erfahrener Setzer, ein Original und Russlandfan. Es wurde gemunkelt, dass er auch die Sprache «könne». Und was erzählt wurde, passte zu seinem Aussehen. Mit seinem dichten, breiten, schwarzen Schnauz ähnelte er dem russischen Diktator Josef Stalin. Ab und zu liess er etwas von seinen Russischkenntnissen durchblitzten, was mir grossen Eindruck machte. Für mich als Jüngstem in der Abteilung, schien er jedoch unerreichbar. Als ich ihn vor vielen Jahren einmal auf der Strasse traf, kannte er mich nicht mehr.

Nach dem Abteilungsleiter stand an erster Stelle der «Erste Setzer». Das war ein Berufsmann mit mehreren Jahren Erfahrung. Im Bündner Tagblatt war es Dieter Söll. Wegen seiner Fachkompetenz und der ruhigen, bedächtigen Art stand er bei den Kollegen in hohem Ansehen. Dieter war auch zuständig für die Lehrlinge, machte anspruchsvolle Arbeiten, und ab und zu übergab ihm Herr Pfadenhauer die Verantwortung für die Abteilung, wenn er abwesend war.

Mein ganzes späteres Berufsleben lang war zum Glück nie mehr so wenig Eigeninitiative gefragt wie im Bündner Tagblatt. Nach einer Aufgabe mit Zeitvorgabe kam die nächste, dann die übernächste. So ging es den ganzen Tag, fast wie bei Charlie Chaplin im Film «Moderne Zeiten» in der Fabrik am Fliessband.

Das Znüni, das ein Stift brachte, assen wir stehend am Satzregal. Ein Salamibrot, ein Joghurt, Mineralwasser oder eine Cola.

Als ich einmal an der Ludlow die Titelzeilen für die Zeitung setzte und dabei ein Joghurt ass, hörte ich plötzlich «Gion sura»: «*Machend sie zersch d Arbat, das Joghurt könnt sie denn später ässa!*», rief er schneidend und war schon wieder verschwunden.

Wenn ich, nach über elf Stunden Abwesenheit, die Tür zu meinem Zimmer öffnete, war ich so müde, dass ich nur noch einen Wunsch hatte: Schlafen. Ich legte mich angezogen aufs Bett und war weg.

Mein Separatzimmer war unmöbliert vermietet worden. Bei Möbel Stocker hatte ich ein Bett, einen grossen Schrank und einen Schreibtisch mit einem Stuhl gekauft. Und wahrscheinlich im damaligen Vilan die Bettwäsche.

Im Zimmer gab es keine Kochgelegenheit und auch keinen Kühlschrank. Nur WC und Dusche. Wenn ich gegen zehn Uhr abends aufwachte, hatte ich Hunger.

Zum Glück bekam ich im Annahof gegenüber auch kurz vor Mitternacht noch etwas zu essen.

Um diese Zeit ist das Restaurant fast leer. Ich bestelle einen Wurstsalat und eine Cola. Während ich esse, beobachten mich die wenigen Gäste am Stammtisch, als ob ich von einem anderen Stern käme.

Sie spüren, dass ich nicht zu ihnen gehöre. Und das nicht nur, weil ich erst zwanzig bin und lange schwarze Haare habe. Ich komme einfach von einer anderen «Insel». Restaurants mit rauchenden und biertrinkenden Stammgästen betrete ich nur, wenn der Hunger mir keine andere Wahl lässt.

An einem Abend beschloss ich, meine neue Umgebung zu erkunden. Von meinem Zimmer lief ich hinunter zur Ringstrasse, dieser entlang nach rechts, dann die Calandastrasse hinauf bis in die Gürtelstrasse und wieder zurück in die Tittwiesenstrasse.

Am nächsten Abend zog ich die Turnschuhe an und joggte die Strecke ein paar Mal.

Als Nächstes kam die Bahnhofstrasse dran, dann die Poststrasse bis zum Obertor. Die Quaderstrasse, die Altstadt. Ich entdeckte das Planaterra und die Felsenbar. Traute mich jedoch nicht hinein.

Langsam erkundete ich die neue «Insel», die so ganz anders war als meine «Heimat-Insel» am Heinzenberg.

Was ich mir schon in der Lehre vorgenommen und worauf ich mich besonders gefreut hatte, war der uneingeschränkte Kinobesuch, wann immer ich Lust dazu hatte.

Je nachdem welchen Film ich sehen wollte, wechselte ich vom Rätus ins Appollo, vom Appollo ins Quader oder vom Quader ins Cinema und umgekehrt. Es war fast eine Sucht oder vielleicht auch eine Flucht.

Sobald ich durch den dicken Vorhang in den verdunkelten Vorführraum trat, die riesige Leinwand sah und mich in einen der gemütlichen Sessel sinken liess, befand ich mich in einer anderen Welt.

Die Auswahl an Filmen war damals natürlich nicht so gross wie heute. Western, Kriegsfilme, Krimis. Am Sonntag um fünf ein Kulturfilm im Appollo und um acht ab und zu ein Aufklärungsfilm von Oswald Kolle. Das war alles.

An einem Sonntag wollte ich herausfinden, ob es für mich eine «Schmerzgrenze Kino» gab. Nach drei Vorstellungen hintereinander – um vierzehn, siebzehn und um zwanzig Uhr – wusste ich, dass es die Grenze gab.

Einer der monumentalsten und längsten Filme, der zu dieser Zeit weltweit lief, war Ben Hur. Vier Stunden im Quader-Kino. Mein Rücken schmerzte. Es war fast nicht auszuhalten. Als ich das Kino verliess, war meine Seele deformiert von den gewaltigen, beklemmenden Bildern und Geschehnissen.

Am nächsten Tag, als ich nach der Arbeit um sechs Uhr das Bündner Tagblatt verliess, stand Lara, die «HIGA-Freundin», beim Ausgang. Ich war baff, als ich hörte, weshalb sie auf mich gewartet hatte. Sie wollte mit mir zusammen Ben Hur anschauen, weil der Film doch etwas mit unserer Vergangenheit zu tun habe.

Ich fühlte mich nicht bereit dazu, konnte aber nicht nein sagen. Und so sass ich den zweiten Abend vier Stunden im Kino, was meine Schmerzgrenze noch weiter ausdehnte.

DIE GRÜNE SCHULE

Abschied

«Es fährt ein Zug nach nirgendwo,
Mit DIR allein als Passagier.
Mit jeder Stunde, die vergeht,
Führt er DICH weiter weg von mir ...»

So, wie es Christian Anders in seinem Schlager singt, ist mir
zumute, als ich meine Freundin an einem Tag anfangs Juli in
Chur auf den Zug begleite. Sie fliegt nach England, um die
Sprache zu lernen, und ich muss in einer Woche in die Rek-
rutenschule. Ein ganzes Jahr lang werden wir uns nicht sehen.
Meine Stimmung ist im Keller. Mir ist, als ob sie mich für
immer und ewig verliesse.
Doch Rahel scheint nichts davon zu merken. Sie steigt mit ih-
rem Koffer in den Zug, ich hintendrein. Vor der Tür zum Ab-
teil bleibt sie stehen, umarmt mich kurz, dreht sich um, öffnet
die Schiebetür, zwängt sich mit ihrem Gepäck hindurch ...
und schliesst die Tür.

Rekrutenschule

Am Montag, 13. Juli 1970, fuhr ein Zug nicht nach nirgendwo, sondern mit einem festen Ziel durchs Bündner Oberland hinauf nach
Disentis, wo viele junge Männer mit ihren Sporttaschen ausstiegen
und zur Matterhorn-Gotthardbahn liefen, die sie über den Oberalp-
pass nach Andermatt in die Rekrutenschule brachte.

Einer unter ihnen ist ganz schlecht gelaunt, ja steckt in einem
echten Tief. Er trägt einen schwarzen Bart, der vom Schnauz
in einem schmalen Streifen zum Kinn und von dort zu den
Ohren führt. Damit will er seine Einzigartigkeit demonstrie-
ren, die er auch in der Rekrutenschule zu behalten gedenkt.

*Der junge Mann schaut aus dem Fenster, sieht im Tal das
Dorf, das mit jeder Kehre näherkommt. Er weiss, dass er in
eine Organisation hinein muss, in der ihm Befehle erteilt werden wie einst von seinem Vater auf dem Bauernhof.
Er hasst Befehle, Vorschriften und alles, was seine Individualität einschränkt.*

Vor der Kaserne wurden wir von einem Korporal in Empfang
genommen, der auch schon die ersten Befehle erteilte. Noch in
zivil mussten wir uns in einer Reihe aufstellen und das militärische
Grüssen üben. Schneidig die gestreckte Hand an den Kopf halten
und Meldung machen.

Das war ein Schock für mich. Ich konnte mich noch überhaupt
nicht damit identifizieren, war völlig in private Gefühle verstrickt.
Das Ganze kam mir vor wie ein Albtraum.

Doch es wurde noch schlimmer. Ein zweiter Korporal tauchte
auf und hängte mir eine Tasche um den Hals, den Brotsack. Ich
musste an Fanny denken, das Ross von Öhi Balza, das auf ähnliche
Weise den Hafer zu fressen bekommen hatte.

*Mit diesem Sack um den Hals fühle ich mich wie ein Sträf-
ling. Am liebsten würde ich ihn zu Boden werfen.
Sehnsüchtig schaue ich zum Pass, wo ein Zug ohne mich den
Berg hinauf nach Hause fährt.
Kurz darauf führt uns der Korporal in Einerkolonne zum
Zeughaus. Nach Einschätzung von Grösse und Umfang werfen ein paar Männer Uniformteile über meine Arme. Wie ein
überladener Packesel stehe ich da. Doch das ist noch nicht
alles. Jeder bekommt zwei paar neue Schuhe – solche mit
Gummisohlen und die «Trikuni» mit den Nägeln in den Soh-
len – über die Schultern gehängt sowie ein nigelnagelneues
Sturmgewehr in die Hand gedrückt. Und schon ist der Hans
nicht mehr Zivilist, sondern ein zwangsrekrutiertes Mitglied
der Schweizer Armee.*

Der frischgebackene Rekrut wurde dann in einen Zug eingeteilt, mit dem er die ersten Wochen in der Grundausbildung mit dem Sturmgewehr auf dem Übungsgelände von Andermatt herumrennen musste. Denn, wie der Korporal sagte, sollte das Gewehr uns vertrauter werden als die Freundin, was ich mir allerdings beim besten Willen nicht vorstellen konnte.

Als Nächstes mussten wir lernen, mit Handgranaten umzugehen. Mit dem Ruf «Achtung, eine HG!!!» wurden metallene HG-Attrappen in einen Kreis geworfen, um die Treffsicherheit zu üben. Erst danach bekamen wir Granaten, die mit einer kleinen Sprengladung bestückt werden konnten. Das war dann schon etwas aufregender, weil es im Ziel doch einen kurzen Klapf gab und etwas rauchte.

Die echten – damals noch Stil-Handgranaten – vertraute man uns erst nach mehreren Wochen an, nachdem der Ablauf zig Mal eingeübt worden war. Dabei stand immer ein Korporal oder der Leutnant neben dem Werfer und überwachte, ob alles korrekt gemacht wurde.

Auf das linke Knie, das explosive Geschoss – für einen Rechtshänder wie ich es bin – mit der rechten Hand am Stil fassen und fest auf dem rechten Schenkel abstützen. Mit der linken Hand langsam den schwarzen, gezackten Deckel am Stil aufdrehen. Vorsichtig die knopfgrosse, runde, weisse «Perle», an der die Zündschnur befestigt ist, herausgrübeln und zwischen Ring- und Zeigefinger der rechten Hand klemmen.

Über die Deckung schauen, das Ziel anvisieren und die Kameraden mit dem schon bekannten Ruf «Achtung, eine HG!!!» warnen. Sofort danach wird die Schnur herausgerissen, und die Ladung ist scharf.

Das ist der heikelste Teil. Falls man die Granate sofort wirft, liegt sie zu lange im Ziel, und der Feind könnte sie noch zurückwerfen. Deshalb müssen wir vor dem Wurf «einundzwanzig, zweiundzwanzig, dreiundzwanzig» zählen.

Die Korporale erzählten uns, dass einem Rekruten einmal die schon rauchende Granate aus der Hand geglitten sei. Dass ein anderer vor Aufregung und Angst die scharfe Ladung nicht wegbekommen habe. Um solches zu verhindern, seien sie ausgebildet.

Trotzdem war ich immer etwas angespannt, wenn ich so ein explosives, zerstörerisches Teil durch die Gegend werfen musste. Gleichzeitig löste diese Handlung aber einen Adrenalinkick in mir aus. Vor allem der gewaltige «Klapf», wenn die Granate im Ziel explodierte, gefiel mir jedes Mal ungemein.

Es gab jedoch noch ein anderes Geschoss, dessen Explosionsgeräusch ich gar nicht mochte. Die orangenfarbenen Gewehrgranaten, mit denen man Panzer bekämpfte. Diese Dinger wurden auf den Gewehrlauf gesteckt und mit einer Zusatz- oder Treibladung abgeschossen. Das gab jeweils einen so gewaltigen, peitschenden Knall und harten Rückschlag, dass meistens etwas weh tat und wahrscheinlich neunzig Prozent der Rekruten diese Geschosse fürchteten.

Es gab verschiedene Techniken, die *Runkla*, wie wir sie nannten, abzuschiessen. Keine gefiel mir. Mit der einen schoss man die Granate mit dem Gewehrriemen über der Brust ab, was mir regelmässig wegen des enormen Rückschlags den Atmen nahm. Bei der anderen Technik wurde das Gewehr fest unter den Arm geklemmt und die Granate mit Hilfe des ausklappbaren, langen Winterabzugs abgeschossen. Bei dieser Technik rutschte das Gewehr durch den gewaltigen Rückschlag unter der Achsel hindurch nach hinten und zwar so weit, dass die Zielvorrichtung auf dem Lauf oft die Haut an Hand oder Fingern aufriess.

Am gefahrlosesten für den Schützen war der Bogenschuss. Man stemmte das Gewehr auf dem Boden ab, klappte die Stützen aus und befestigte mit einer Schnur das Sackmesser am Lauf. Auf einer Stütze war ein Distanz-Mass eingraviert. Je nachdem wie stark man das Gewehr neigte, flogen die Granaten hoch und kurz oder flach und weit.

Die Granate auf den Lauf stecken, das mit den Treibpatronen geladene Gewehr auf die vorgegebene Distanz neigen, den Kopf wegdrehen. Dann auf das Kommando «Feuer» einen Schlag auf den Winter-Abzug.

«A Klapf und a Täscha» und die Granate fliegt mit irrer Geschwindigkeit durch die Luft.

Nachteile: Nach dem Abschuss ist oft die halbe Schulterstütze im Boden versunken, und die Trefferquote ist gering, weshalb der Bogenschuss nur als Streuangriff gedacht ist.

Den meisten von uns kommt es sowieso nicht darauf an, etwas zu treffen. Wir sind schon froh, wenn wir die verhassten Dinger ohne Verletzung wegbekommen.

Ohne meine Zustimmung wurde ich auch noch in den Rak-Zug eingeteilt und bekam dadurch die Möglichkeit, noch eine dritte Granatenart kennen zu lernen.

Der Rak-Zug hatte die Aufgabe, feindliche Panzer zu bekämpfen. Panzer, die natürlich immer aus dem Osten in unser Land und durch unsere Berge rollten. Wenn Erich, Balz, Jacki und ich auf einer Alp auf Panzerattrappen schossen, fragte ich mich manchmal, wie die kettenangetriebenen, schwerfälligen Fahrzeuge so weit hinauf kommen sollten.

Das Rak-Rohr bestand, wie der Name schon sagt, aus einem schwarzen Metall-Rohr von 130 cm Länge und einem abnehmbaren Schild mit einem kleinen Fenster, das als Schutz diente. Jeder Rak-Zug musste zwei dieser gut acht Kilo wiegenden Rohre zusätzlich zum Gewehr und zur anderen Ausrüstung mitschleppen.

Das drückte bei den militärischen «Wanderungen» ganz gewaltig auf die Schultern und gab immer wieder Diskussionen, wer an der Reihe war, die unbequemen Dinger zu tragen.

Natürlich konnte ich auch in der Rekrutenschule nicht aus meiner Individualisten-Haut. Aber wie mit Gieri in der Gewerbeschule hatte ich auch dort einen Kameraden, mit dem ich mich verstand.

Erich und ich, Jacki und Balz, bildeten zwei Rak-Teams. Balz war ein Top-Rekrut, sportlich, schnell und mit natürlichem Führungstalent. Er hätte unbedingt weitermachen sollen, wollte aber nicht.

Am Anfang der Rekrutenschule betreuten uns vier Korporale. In der zweiten Hälfte der RS war dann nur noch Korporal Decurtins für unsere Gruppe zuständig. Jacki und ich machten nicht immer eine gute Figur bei den Übungen. Doch mit Balz, Erich und unserem besonnen Korporal bekamen wir meistens gute Bewertungen von den Vorgesetzten.

Das Einfügen in eine Gruppe machte mir überraschenderweise keine grossen Probleme, vermutlich wegen Korporal Decurtins und den tollen Kameraden. Das Einzige, was ich an Individualität nach aussen signalisierte, war mein spezieller Bart. Ein dünner Streifen vom Schnauz bis zum Kinn und von dort bis zu den Koteletten.

Am ersten Tag macht ein Korporal wegen meinem Bart eine Bemerkung, aus der ich schliesse, dass er denkt, ich könnte ein aufmüpfiger Individualist sein. Das bin ich auch, doch nur innerlich, für mich allein. Nach aussen will ich das nicht zeigen. Ich bin nur ein stiller Revoluzzer. Tief in mir entdecke ich sogar eine Seite, die sich gut und aufgehoben fühlt in den strengen militärischen Strukturen.
In der Schiessverlegung in einem Bergtal kommt eines Tages ein Instruktor zu Besuch, der uns in Sprengtechnik unterrichtet. Dieser Mann gefällt mir. Er scheint zufrieden mit seinem Beruf, ist viel draussen und als Spezialist auf seinem Fachgebiet weitgehend unabhängig.

Schon in der ersten RS-Woche gab es eine Nachtübung. Mit Sack und Pack, das Gewehr um den Hals, marschierten wir der Reuss entlang das Tal hinaus. Nach kurzer Zeit bekam ich von den harten Rucksackriemen Schmerzen in den Schultern.

Vor mir lief ein grosser, kräftiger Rekrut, für den das kein Problem zu sein schien. Er pfiff ein Liedchen, als ob wir auf einem Sonntagsausflug wären. Als es einen kurzen Marschalt gab, warf ich erleichtert den Rucksack zu Boden. Rekrut Gantenbein hingegen zündete, ohne das Gewicht vom Rücken zu nehmen, eine Zigarette an, nahm ein paar Züge, stand mit gespreizten Beinen da und schaute gelassen und zufrieden in die Runde.

Die Kaserne in Andermatt musste natürlich Tag und Nacht bewacht werden. Links und rechts neben der breiten Steintreppe, die zum Eingang hinaufführte, standen abwechselnd zwei Rekruten Wache. In engen Wachhäuschen und in Ruhn-Stellung.

Eines Tages war unser Zug dran. Zu zweit mussten wir zwei Stunden stehen, durften zwei Stunden ruhen, wieder zwei Stunden stehen usw. Vierundzwanzig Stunden lang. Irgendwann war ich so müde, dass ich fast stehend vor dem Bett einschlief. Und kaum eingeschlafen, wurde ich schon wieder für die nächste Runde geweckt.

Im «Schlüssel»

Die harten Ausbildungstage wurden zum Glück ein paar Mal in der Woche mit Ausgang belohnt. Eine besondere Anziehung in Andermatt übte das Dancing «Schlüssel» aus.

An einem Wochenende beschloss ich, für einmal nicht nach Hause zu fahren. Als am Samstagmorgen alle Rekruten die Kaserne verlassen hatten, genoss ich die ungewohnte Ruhe. Nach dem Mittagessen in der Kantine legte ich mich für ein Nickerchen auf mein Bett und verschlief fast den ganzen Nachmittag. Am Abend lief ich ins Dorf, schlenderte durch die Gassen und stand einige Zeit später vor dem Dancing «Schlüssel».

Es braucht etwas Mut, allein da hinein zu gehen. Ich überwinde mich, öffne ich die Tür, schiebe den schweren Vorhang zur Seite und trete in den schwach beleuchteten Raum.

Wunderbare Schlagermelodien ziehen mich weiter in den Raum hinein. Ich setzte mich, bestelle ein Getränk und beobachte die tanzenden Paare.

Mehrere «Grüne» geniessen da den Samstagabend. Vor allem Offiziere und Unteroffiziere. Ich bin immer noch ziemlich scheu und traue mich nicht, ein weibliches Wesen zum Tanz aufzufordern.

Die ganze Zeit beobachte ich jedoch ein Mädchen mit mittellangen, braunen Haaren. Und irgendwann, vielleicht erst nach zwei Stunden, ergibt es sich, dass sie in meine Nähe kommt. Und dann stehen wir plötzlich auf der Tanzfläche.

«Geh nicht vorbei, als wäre nichts geschehn. Es ist zu spät, um zu lügen ...» Als der Tanz zu Ende ist, sagt sie, dass sie jetzt nach Hause geht. Nur ganz kurz denke ich an meine Freundin in England, dann laufe ich mit ihr durchs Dorf. Wir verabschieden uns längere Zeit vor ihrem Elternhaus. Erst dort fällt ihr auf, dass ich keine gelben Streifen trage, nur ein Rekrut bin.

Am Sonntagmorgen erwachte ich so ausgeruht, als ob ich ein Jahr geschlafen hätte. Ruhe, Stille ... Kein Korporal, der «Tagwacht!» brüllte, kein Gerenne und Gerangel zum Waschtrog vor der Baracke.

Lange blieb ich liegen, döste vor mich hin und dachte an den Tanzabend im «Schlüssel». Als dieses Bild verschwand und auf meinem inneren Bildschirm meine «englische» Freundin auftauchte, fiel mir auf, dass die Sehnsucht etwas nachgelassen hatte.

Nach dem Mittagessen in der Kantine lief ich wieder ins Dorf. Es ging mir ausgesprochen gut.

Auf der Brücke, die über die Unteralpreuss führt, blieb ich stehen und schaute sinnend in den Fluss. Hinter mir liefen Einheimische und Touristen vorbei, redeten und lachten. Ein wunderbarer Tag.

Als ich mich umdrehte, kam die Tanzbekanntschaft vom Schlüssel auf mich zu ... Erfreut wollte ich sie begrüssen. Doch sie schaute durch mich hindurch und lief an mir vorbei, als ob ich ein Fremder wäre. Vielleicht, weil sie zu spät gemerkt hatte, dass sie nur ein Rekrut nach Hause begleitet hatte. Das schmerzte etwas, doch nicht lange.

Ich lief weiter und sah gerade nach der Brücke ein Geschäft, dessen Tür offen stand. Ein Souvenirladen. Ich trat ein und schaute mich um. Lächelnd kam eine kleine, schwarzhaarige Angestellte auf mich zu.

Wir plauderten ein wenig. Ich war überrascht, als ich vernahm, dass sie kein Verständnis für Leute hatte, die gegen das Militär waren. Vehement verteidigte sie die Armee und erzählte, ihr Vater sei ein hoher Offizier und sie auch überzeugt von dieser Institution.

Das war nicht das, was ich erwartet hatte. Erstaunt sah ich sie an. Was sie sagte, beeindruckte mich. Ich spürte, dass ihr Bekenntnis zur Armee in mir etwas veränderte.

Und plötzlich fühlte ich mich frei. Frei von allem, was mich seit dem Eintritt in die Rekrutenschule belastet hatte.

Kadi und Feldweibel

Wenn Oberleutnant Lochmeier, unser Kompaniekommandant, am frühen Morgen – vor dem Ausrücken auf die Wiesen von Andermatt – «Kompanie! Achtung! Steht!» brüllte, schlugen etwa hundert Rekruten, zwanzig Korporale und fünf Zugführer ihre Hacken zusammen. Das Geräusch, das dabei über den Kasernenplatz hallte, höre ich heute noch: Ein Rattern in kurzer Folge, weil nie alle Schuhe exakt zur gleichen Zeit aufeinandertrafen.

Zu diesem Befehl mussten wir das Sturmgewehr aus der Ruhestellung heraus in die rechte Hand werfen und an die Beinseite *klöpfen*. Bei diesem Wechsel passierte es ab und zu, dass einem die Waffe aus der Hand glitt und scheppernd auf den Asphalt fiel. Worauf unweigerlich das Gebrüll des verantwortlichen Zugführers zu hören war: «Wär ischas?»

Hastig hob der Fehlbare sein Gewehr auf und meldete sich: «Lütnant, Rekrut ...». Rundum grinsende Kameraden. Man fühlte sich blossgestellt, schämte sich. Die ganze Kompanie musste nochmals neu ausgerichtet und die ganze Prozedur wiederholt werden. Und falls Oberleutnant Lochmeier dabei den Eindruck gewann, dass seine Rekruten etwas zu lasch reagierten, ordnete er zur Aufmunterung noch eine Zugschule an.

Die wichtigste Person für das Wohlbefinden der Rekruten war Feldweibel F. aus Thusis. Gross, schlank, blond. Mit blauen Augen, die äusserst ernst blicken konnten, wenn es nötig war. Er trug meist Schuhe mit Ledergamaschen, mit denen er bei der Achtungsstellung einen unvergleichlich zackigen, geschmeidigen *Klapf* erzeugen konnte.

In seiner Gegenwart hatte ich immer ein Gefühl von Geborgenheit, von Sicherheit. Ich merkte, dass es ihm ein Anliegen war, dass es uns möglichst gut gehen sollte.

Bei einem Marsch oder einer Nachtübung sorgte er dafür, dass wir auch noch spät in der Nacht etwas zu Essen bekamen und irgendwo schlafen konnten. Natürlich war das auch seine Aufgabe. Doch bei ihm war es mehr als das; da kam etwas durch, das mir gefiel. Ich fühlte mich, als ob meine Mutter zu mir schauen würde. Wohl deshalb wurde der Feldweibel manchmal als «Mutter der Kompanie» bezeichnet.

OBERST NAGER

Nachdem wir schon ein paar Wochen Ausbildung hinter uns hatten, hiess es eines Tages, Oberst Nager würde unseren Ausbildungsstand inspizieren. Auf diesen Tag hin wurden mit der ganzen Kompanie mehrere Übungen einstudiert. Unser Team musste irgendwann im Lauf der Demo das Rak-Rohr einsetzten, an diesem Tag allerdings noch nicht mit scharfer Munition.

Um einen Rak-Schuss abzufeuern, brauchte es zwei Personen, den Lader und den Schützen. Der Schütze legte sich mit dem Rohr über der rechten Schulter auf den Boden und visierte durch das kleine Fenster im Schutzschild das Ziel an. Nach dem Ruf «Laden!» schob der Kamerad hinter ihm ein Geschoss ins Rohr, schob den Sicherungsriegel nach unten und meldete dem Schützen: «Geladen, gesichert!» Dann warf er sich neben ihn auf den Boden und wartete. Wenn der Schütze bereit war und das Ziel erfasst hatte, gab er das Kommando «entsichern». Der Lader rief «Raum 4, 4, fünfzig frei!», schob den Sicherunghebel nach oben, gab dem Schützen einen Klaps auf den Rücken und ging ein paar Meter neben ihm in Deckung. Der Ruf «Raum 4, 4, fünfzig frei!» bedeutete, dass der Raum hinter dem Geschütz fünfzig und der Raum beidseitig bis auf vier Meter frei von Personen war.

Der Sicherheitsabsand von fünfzig Meter hinter dem Geschütz war nötig wegen der Stichflamme, die bei dieser Art Geschoss entstand. Den scharfen Schuss mit der 83 mm-Munition erlebten wir erst ein paar Wochen später in der Schiessverlegung auf einer Alp im Unterengadin. Trotz dem Gehörschutz hatte ich das Gefühl, mitten in einer ungeheuren Explosion zu liegen. Bei der Schussabgabe riss es das Rohr nach oben und gegen das Gesicht, was manchmal zum berühmten Rak-Abzeichen auf der Stirn führte.

Nachdem die Übung für Oberst Nager beendet war, mussten wir Rekruten mit Helm auf stramm stehen. Die Rak-Schützen trugen noch die Schutzbrille.

Neben mir stand Kamerad Wyss, ein ausgemachtes Schlitzohr und immer für einen Spass zu haben. Aufgeregt flüsterte er mir zu, dass bei seiner Brille beide Gläser herausgefallen seien, und er Angst habe, der Oberst würde das beanstanden.

Der hohe Offizier schreitet langsam die Reihe ab. Jeder Rekrut macht Achtungsstellung und meldet sich mit Namen.
Er kommt näher und näher. Ich spüre die Anspannung neben

mir. Dann steht der Oberst vor meinem Kameraden. Ich habe noch nie ein so hohes «Tier» aus der Nähe gesehen. Oberst Nager ist nicht sehr gross, ziemlich beleibt, Brillenträger und schon älter. Während Wyss angestrengt durch die fehlenden Gläser seiner Rak-Schutzbrille geradeaus starrt, schreit er so laut «Oberst, Rekrut Wyss!!!», dass ich fast einen Hörschaden bekomme.

Der Oberst mustert ihn freundlich, wahrscheinlich hat er be-merkt, dass der junge Mann besonders nervös ist. Warum, weiss er allerdings nicht.

Ich höre, wie Rekrut Wyss aufatmet, als er sich mir zuwendet. «Oberst, Rekrut Capadrutt!» rufe auch ich und stehe stramm, als ob ein General vor mir stünde.

Dass der hohe Offizier das Fehlen der Gläser in der Rak-Brille nicht bemerkt hatte, machte die Runde und sorgte noch lange für Gelächter im ganzen Zug.

LAVIN

Nach der Grundausbildung in Andermatt transportierte man uns auf Lastwagen über den Oberalp nach Chur, von dort nach Davos und über den Flüela nach Lavin in die Schiessverlegung.

Ein grosser Heustall im unteren Teil des Dorfes dient für ein paar Wochen als Unterkunft. Wir schlafen dicht gedrängt in unseren Schlafsäcken auf dem Holzboden. Trotzdem fühle ich mich besser als in den langen Baracken in Andermatt.

Im Stall schlafen, das erinnert mich an meine Kindheit auf dem Maiensäss.

Eines Tages bekam ich nach langer Zeit wieder einmal Post von meiner Freundin aus England. Als ich das Päckchen öffnete, kam eine Tonbandkassette zum Vorschein. Zufällig stand gerade ein Kamerad neben mir, der ein Abspielgerät dabei hatte.

Und dann erklang – von Rahel gesungen und mit der Gitarre begleitet – das Lied:

My Bonnie is over the ocean,
my Bonnie is over the sea,
my Bonnie is over the ocean,
oh bring back my Bonnie to me.

Als ich ihre Stimme hörte, war ich so glücklich, dass ich am liebsten alle Kameraden in meiner Nähe umarmt hätte.

Nach zwei Wochen im Dorf wurde die ganze Kompanie auf die Alp verschoben. Zelt um Zelt wurde aufgerichtet, bis die Weide aussah wie ein Indianerdorf. Im grössten Zelt war die Küche untergebracht, und ein paar handwerklich begabte Kameraden zimmerten sogar eine Bar, an der wir – nach der harten Ausbildung tagsüber – am Abend unseren Alpausgang geniessen konnten.

Die Schiessausbildung auf der Alpweide ist anstrengend. Das Vorrücken im Gefecht findet ausschliesslich in steilem Gelände statt. Tiefe Gräben, die das Vieh in die Hänge gestampft hat, führen – weil von Erikastauden überwachsen und deshalb unsichtbar – dazu, dass ich plötzlich im Gestrüpp liege. Der Helm verdeckt die Sicht, das Gewehr drückt gegen die Brust, der schwere Rucksack gibt mir den Rest. Aus dieser Stellung wieder auf die Beine zu kommen ist ein Mordskrampf.

Der Korporal schreit «Vorrücken!!!» Also rapple ich mich auf, richte den Helm, nehme das Gewehr in die Hand und renne, obwohl ich fast keine Luft bekomme, weiter über die Hügel und verdeckten Gräben.

Erleichterung, wenn wieder ein paar Scheiben auftauchen, die wir am Morgen im Hang aufgestellt haben. Keuchend werfe ich mich auf den Bauch, lege das Gewehr auf den Rucksack und gebe ein paar Schüsse ab. Dann bleibe ich möglichst lange liegen. Bis sich meine Lungen etwas erholt haben.

Falls mir bei Beginn der Übung eine Handgranate anvertraut wurde, muss ich irgendwann mit dem Ruf «Achtung eine HG!!!» das verpackte Dynamit in eine «Tole» werfen, damit ein Feindesnest ausgeräuchert wird.

Nach Gefechtsende habe ich jedoch meist ein gutes Gefühl. Ich kann mich nicht erinnern, dass wir irgendwann ein Gefecht verloren haben.

VAL S-CHARL

Im Wald gegenüber dem Dorf üben wir Strickleiter klettern mit Vollpackung. Die Technik besteht darin, seitlich an der Leiter hochzuklettern statt frontal. Aber auch so schwingt die lebendige Treppe bei jedem Fuss, den ich auf eine Sprosse setze, hin und her.

Der Rucksack zieht nach unten, das Gewehr vor der Brust schlägt an die Leiter und dann gegen das Gesicht, der Helm kippt in den Nacken. Im Vergleich zu den Action-Helden im Kino, die solche Hindernisse immer spielend bewältigen, fühlt sich die Realität völlig anders an.

Mir fehlt die Kraft bis nach oben. Der einzige Trost ist, dass ich nicht der Einzige bin. Nur die Besten von uns schafften die ganze Leiter.

Eines Abends in einem Wald bei Scuol fing es an zu regnen. Und regnete immer stärker. Wir holten unsere plastifizierten Tarn-Regenpellerinen hervor, zogen sie über, bedeckten auch den Rucksack damit.

So standen wir beim Eindunkeln am Waldrand und warteten auf neue Befehle. Etwas lag in der Luft. Vielleicht eine Nachtübung, ein Nachtmarsch oder ein Nachtgefecht.

Das lange Warten schlug mir auf die Moral. Kälte und Nässe waren schon immer eine schlimme Kombination für mein Wohlbefinden. Als dann noch Hunger dazu kam, sank meine Stimmung gegen den Nullpunkt.

Dann endlich das Kommando zum Aufbruch. Abmarsch in den Wald hinein, wo der Regen, durch die dichten Äste der Bäume gefiltert, in noch dickeren Tropfen herniederprasselte. Marschieren im Dunkeln, einer hinter dem anderen. Eine Stunde, zwei Stunden. Ohne Info wohin, warum, wozu. Die Kameraden vor und hinter mir begannen «auszurufen». Etwas, das unter Füsilieren eigentlich verpönt war.

Ich schaue auf die Uhr: 23.15 h. Und noch kein Fahrzeug zu hören, das uns mit Essen versorgt. Ich bin müde und gereizt ... und sehr hungrig!

Dann endlich: Marschhalt! Der Leutnant kommt, beruhigt uns, sagt, wir seien von der Küche vergessen worden. Doch nun seien zwei Haflinger mit dem Nachtessen unterwegs. Nach einer halben Stunde endlich Motorengeräusche. Scheinwerfer blitzen durch die Bäume.

Als die Fahrer die Truhen mit dem Essen abladen, gibt es im Dunkeln ein Gedränge, als ob eine Herde hungriger Wölfe sich ein einziges Schaf teilen müssten.

Nachdem meine Kamelle endlich mit Pot-au-feu gefüllt ist, esse ich mit den blossen Fingern. Stopfe, kaue, schlucke, schlinge, stopfe ... Wie ein Tier kurz vor dem Verhungern. Wenn mir in diesem Moment jemand das Essen weggenommen hätte, wäre ich wahrscheinlich ausgerastet. Vielleicht hätte ich mich sogar in ein zähnefletschendes Raubtier verwandelt.

Doch das war erst der Anfang. Der Auftakt zu einem Gewalt-marsch durch die Nacht. Und so dunkel wie die Nacht war, durch die wir marschierten, so im Dunkeln liegt auch meine Erinnerung daran. An was ich mich erinnere ist, dass der Regen immer leiser wurde und sich in weisse Flocken verwandelte.

Als der Morgen dämmerte, hatte es aufgehört zu schneien. Die ganze Kompanie stand in einem engen, tief eingeschneiten Tal, auf einem schmalen Pfad, der vom ersten Zug in den Schnee ge-stapft worden war. Weit hinauf sah ich grüne Uniformen. Wie eine zum Stillstand gekommene Ameisenstrasse.

Marschalt und Morgenessen! Bald wird die Sonne aufgehen. Was für eine Stimmung, was für ein Eindruck in meiner Er-innerung! Ähnlich einem Bild von Giovanni Segantini.
Ich stecke das Gewehr in den Schnee, öffne den Rucksack. Auf dem kleinen Gaskocher schmelzen wir etwas Schnee für den Tee. Das klappt wunderbar. Der Kamerad neben mir öff-net mit dem Armeesackmesser eine Büchse mit Bohnen. Ich tue es ihm gleich. Auch die werden etwas warm und somit essbar. Am meisten wundert mich, dass ich mich wieder gut fühle und kaum müde bin. Fast nicht zu glauben nach diesem Nachtmarsch durch Regen und Schnee.

Bevor es weiterging, sickerte endlich durch, was noch gesche-hen würde und wo das Ziel der Übung lag. Wir würden uns auf die Alp Praditschöl hinauf verschieben, dort ein Gefechtsschiessen veranstalten, in den leeren Kuhställen übernachten und am anderen Morgen über den Pass da Costainas hinunter nach St. Maria ins Münstertal laufen.

Kaum auf der Alp angekommen, mussten wir ausrücken und Kartonscheiben als feindliche Ziele verteilen. Zwei Stunden im Schnee herumwaten. Das ging an die Substanz.

Nach einem kurzen, kalten Mittagessen lag ich mit dem Gewehr im Anschlag zwischen Schneewehen auf dem Bauch.

Das Gefechtsschiessen brachte mich, nach der durchwanderten Nacht und dem steilen Aufstieg, an meine Grenzen.

Schiessen, aufstehen, vorrücken, schiessen ... Ein eisiger Wind wehte über die Alp und blies Schneekristalle in meine Augen.

Deshalb fielen die Scheiben nicht um, keine einzige, was den Leutnant *ursrüafa* liess. Was mich wiederum wütend machte. Welcher Vollid... war auf Idee gekommen, mit seinen Rekruten bei Schneetreiben ein Gefecht zu veranstalten? Wir waren in der Sommer-Rekrutenschule und ohne Winterausrüstung auf diese Alp hinaufgelaufen. Ein Schiessen im Schnee war kaum geplant. Von mir aus hätte man das Ganze abblasen müssen.

Als wir nach der Übung – halb erfroren und erschöpft – endlich in den kalten Stall durften, ging es mit mir durch. Ich war endgültig am Ende meiner Kräfte und begann zu fluchen, wie ich es noch nie getan hatte.

Die Kameraden sahen mich erstaunt an. So etwas hätten sie vom Capadrutt nicht erwartet. Auch der Korporal nicht. Doch er wusste, was in so einer Situation zu tun war. Er packte mich am Arm und schob mich aus dem Stall. Unter vier Augen stauchte er mich dermassen zusammen, dass sich mein kleiner Schwächeanfall augenblicklich stabilisierte. Es war, als ob er damit in mir die letzten Kräfte hervorgerufen und in die Verantwortung gezwungen hätte. Plötzlich war ich ganz ruhig. Wieder bereit, für Armee und Vaterland mein Leben hinzugeben, koste es, was es wolle.

Nach der Nacht auf der harten Pritsche spürte ich alle Knochen. Trotz dem Schlafsack hatte ich gefroren und kaum geschlafen. Als der Korporal «Tagwach!» in den kalten Stall brüllte, schälten sich langsam übermüdete, verschlafene Gesichter aus den Schlafsäcken. Niemand hatte *usgrüaft*, nur ich. Das beschäftigte mich.

Und dann begann ein langer Marsch zur nächsten Alp und über den Pass da Costainas hinunter ins Münstertal. An Lü vorbei und bis hinaus nach St. Maria. Als wir dort ankamen, fühlte ich mich fast genau so glücklich wie als Bub nach dem Nachtmarsch mit dem

Galtvieh von Summaprada durch die Via Mala und auf die Alp Hinterrhein hinauf.

Wir wurden in eine Unterkunft geführt, in einen länglichen hellen Raum, wo wir unsere Schlafsäcke ausbreiten durften. Ich zog Schuhe, Jacke und Hose aus und kroch tief in die weiche Hülle hinein. Und dann wurde geschlafen. So tief, erleichtert, lange und glücklich, wie ich später mein ganzes Leben lang kaum einmal geschlafen habe.

FEIND IN DAVOS

Nach ein paar Wochen im Münstertal und einigen Feindbekämpfungen auf dem Ofenpass, verlud man uns Rekruten – wie Vieh, das man in die Alp führt – auf mehrere Lastwagen und dislozierte die ganze Kompanie nach Tiefencastel. Ob die Route über den Julierpass und durchs Oberhalbstein oder über den Albulapass und durch Bergün führte, weiss ich nicht mehr. Die Sicht bei so einem Transport war beschränkt, weil wir mit dem Gewehr zwischen den Beinen, eingeklemmt wie Sardinen, auf unseren Rucksäcken im Halbdunkel sassen.

Dass wir gegen Abend in Tiefencastel ausgeladen wurden, daran kann ich mich jedoch noch genau erinnern. Denn dort hiess es, der Feind sei bereits in Davos eingerückt, unsere Kompanie müsse so schnell als möglich hinauf, ihn bekämpfen und das Dorf befreien.

Ein Stück weit fuhren wir mit Lastwagen, doch dann muss wohl absichtlich das Benzin ausgegangen sein. Damit es einen Grund gab, auszusteigen und mit Vollpackung im Dunkeln und bei leichtem Regen die Autostrasse nach Davos hinauf zu rennen.

Das Tempo mit diesem Gewicht war unmenschlich und löste mit der Zeit ein Gemurre und Gefluche in der Kompanie aus. Ich fragte mich ständig, wieso wir zu Fuss nach Davos hinauf mussten. Mit dem Lastwagen wären wir viel schneller gewesen und erst noch ausgeruht für den Kampf.

Beim Einmarsch in Davos war vom Feind nichts mehr zu sehen. Die ganze Kompanie war elend *uf dar Schnorra* von diesem Gerenne für nichts und wieder nichts. Als es hiess, dass wir nur noch bis zur Unterkunft laufen mussten, waren alle erleichtert. Doch dann sickerte die Meldung durch, unser Schlaflager sei ein Heustall auf der anderen Dorfseite und also noch etwa fünf Kilometer entfernt. Nochmals fünf Kilometer laufen?!

Eine wilde Schimpferei ging los. Wieso war die Unterkunft so weit weg? Warum nur ein Heustall? Und wer war überhaupt verantwortlich dafür, wer hatte diese Unterkunft organisiert?

Die Antwort liess nicht lange auf sich warten. Sie wurde durch die ganze Kompanie weitergereicht, von ganz vorne bis zum letzten Mann: «Rekrut Mainetti hat uns das eingebrockt!», wurde bedrohlich agressiv gemurmelt.

Diese Information genügte, und der arme Bürogummi wurde auf dem ganzen Weg durch Davos mit bündnerischen Kraft-Ausdrücken bedacht, die sich noch steigerten, als wir mitten durch eine Wiese zur Unterkunft – einem alten, einsamen Stall – laufen mussten. Die Holzwände bestanden aus Brettern und Balken mit Lücken von mehreren Zentimetern, wo der Wind hindurchpfiff und den Regen hineinwehte. Wenigstens lag etwas Heu am Boden. Bis alle ihr Lager gefunden, den Schlafsack ausgerollt, sich eingerichtet und zu fluchen aufgehört hatten, dauerte es fast eine Stunde.

Von Davos ins Schanfigg

Am nächsten Tag wurden wir in den Luftschutzräumen eines Schulhauses einquartiert. Von da an fühlte ich mich auch in Davos ähnlich gut wie in Lavin.

Eines Tages üben wir Abseilen im Steinbruch. Der Fels ist nicht sehr stabil und vom Regen noch nass. Deshalb passt man besonders auf. Eine Zeit lang geht alles gut. Mit ein paar

Kameraden zusammen warte ich auf meinen Einsatz, schaue den steilen, brüchigen Fels hinunter, wo ich bald am Seil hängen werde.

Plötzlich heisst es, ein Rekrut einer anderen Einheit sei beim Abseilen von einem Stein am Kopf getroffen worden.

Kurz darauf sind wir am Unfallort. Der Verletzte hängt mitten im Steinbruch am Seil. Trotz dem schützenden Helm ist er bewusstlos. Da er nicht zu unserer Einheit gehört, gibt es in den nächsten Tagen niemand, der weiss, wie es ihm geht.

Erst viel Jahre später erfuhr ich, dass dieser Rekrut nie mehr gesund wurde. Der Stein hatte ihn geistig und körperlich zu einem Krüppel gemacht. Das gab mir zu denken. Ich fragte mich, wieso es gerade ihn traf und nicht mich.

Vielleicht ist es wahr, dass «alles seine Zeit» hat, für jeden von uns, und dass es keine Zufälle gibt.

Dann kamen die letzten zwei RS-Wochen. Wir waren vor längerer Zeit zu Füsilieren befördert worden. Die Vorgesetzten behandelten uns mit etwas mehr Respekt. Das tat mir gut. Dadurch war das Militär mir etwas sympathischer geworden. Besonders behagte mir, dass wir immer wieder nach ein-zwei Wochen an einen anderen Ort gebracht wurden. Das war interessanter als in der Kaserne in Andermatt.

Rückblick: In Andermatt werde ich eines Tages ins Büro zu Hauptmann Vinzens gerufen, weil mich mein Korporal zum «Weitermachen» vorgeschlagen hat. Der Hauptmann sitzt hinter seinem Schreibtisch und sieht sehr militärisch aus, was mich ziemlich einschüchtert. Ich nehme allen Mut zusammen und sage ihm, dass ich nicht weitermachen will.

Das gefällt ihm nicht. Er schaut mich an, als ob ich mit meiner Aussage die ganze Armee in Frage gestellt hätte.

Aus welchem Grund nicht? Ich antworte, dass ich mehr an Kunst und Kultur interessiert bin als am Militär.

Die Worte Kunst und Kultur scheinen einen empfindlichen Punkt zu treffen. Der Hauptmann verwirft die Hände und sagt im übertragenen Sinn, dann solle ich mich zum Teufel scheren.

In der zweitletzten Woche hiess es, wir würden uns manövermässig weiter verschieben. Verschieben wohin? Heute weiss ich, dass wir uns über den Strelapass ins Schanfigg verschieben sollten. Doch damals verstand ich nur Berg und Pass, was für mich Anstrengung, Krampf und Schweiss bedeutete.

Am Morgen wurde gepackt und vorbereitet. Alles, ausser dem auf Leib und Rücken getragenen, wurde auf Laswagen geladen, die damit direkt nach Chur in die Kaserne fuhren.

Am Nachmittag marschierte ich im Kampfanzug mit der KpIII der Geb Inf RS 212 durch Davos und den Berg hinauf zum Pass.

Wie ich mich dabei fühlte, ob ich Mühe hatte, oder es ein Krampf war, weiss ich nicht mehr. Ich erinnere mich nur noch an die Ankunft in Langwies. Es dunkelte bereits. Ein Nachtlager war nicht organisiert worden, weil im Manöver jede Gruppe für sich selbst sorgen musste.

Korporal Decurtins war ein umgänglicher, freundlicher Mann. Er klopfte bei einem Einfamilienhaus am Dorfrand an die Tür und fragte, ob wir irgendwo im Haus übernachten könnten. Das ältere Ehepaar war sofort bereit, uns Unterkunft zu gewähren. Der Mann öffnete die ebenerdige Tür zum Keller unter dem Balkon und bot uns den kalten Betonboden als Nachtlager an.

Der Raum war gerade so gross, dass wir dichtgedrängt, Schlafsack an Schlafsack, liegen und uns gegenseitig wärmen konnten. Trotz dem harten Boden schlief ich sofort ein.

Als ich um fünf Uhr erwachte, fühlte ich mich seltsam. Fast als Eindringling. Alles war so privat, sogar der Betonboden schien das auszustrahlen. Wohl wegen dieser Eindrücke habe ich diese Nacht bis heute nicht vergessen.

Das nächste Video zeigt meine Gruppe versteckt im Wald. Ganz in der Nähe die geteerte Strasse, die sich in vielen Kurven zu unserer letzten RS-Woche nach Chur hinunterschlängelt. Korporal Decurtins ruft uns zusammen, gibt Anweisungen und sagt, dass wir bald weitermarschieren werden.
Nach einer halben Stunde ist es soweit. Wir kämpfen uns aus dem Gebüsch auf die Strasse. Die restlichen Gruppen kommen aus ihrer Deckung, bis unser Zug vollständig ist.
Der Leutnant führt uns zum Rest der Kompanie. Und dann wird marschiert, in Einerkolonne und – wegen des Verkehrs – nah am rechten Strassenrand.

Ich höre und spüre heute noch, wie die Kamelle auf meinem Rucksack im Takt meiner Schritte hin und her schwingt. Das Sturmgewehr vor der Brust, die linke Hand am Schaft, die rechte am Lauf. Stundenlang laufen wir so durchs Schanfigg hinunter.

Es sind die letzten Oktobertage im Jahre 1970. Schönes Wetter, warm und angenehm. Hochmotiviert, weil es dem Ende zugeht, ignoriere ich die schmerzenden Schultern, die müden Füsse. Ich fühle mich wie ein Adler in Gefangenschaft, der spürt, dass er bald wieder frei fliegen darf.

KASERNE CHUR

Die letzte RS-Woche. Man hat uns Zimmer zugewiesen, jeder bezieht sein Feldbett, alles ist geregelt. Das Bett muss gemacht werden. Die Decke in genauem Abstand zum Kissen gefaltet sein. Alles muss dort liegen, wo es hingehört. Und das eine ganze, endlose, letzte Woche lang.

Vorbei mit der Freiheit beim manövermässigen Verschieben, keine Verpflegung auf dem Feld mehr, kein Essen aus der Kamelle, kein Übernachten in der Natur, auf dem Heuboden oder auf harten

Betonböden. Dafür wieder mehr Kontrolle. Drill auf dem Kasernenplatz und Zugschule.

«Kooompanieee, zehn Schritte nach links!!!»
«Kooompanieee, maaarsch!!!»
«Kooompanieee, haaalt!!!»
«Kooompanieee, zehn Schritte nach rechts!!!» usw.

Diese letzte RS-Woche ähnelt der ersten in Andermatt. Jeden Morgen nach dem Antrittsverlesen rennen wir im Laufschritt, vollgepackt mit Rucksack, Gewehr und Übungsmaterial, hinunter auf den Rossboden. Am Mittag ohne Last zurück, nach dem Essen erneut hinunter und gegen Abend mit dem ganzen Gepäck wieder zurück in die Kaserne.
Dort laufen dia Höhera uma, die man ständig grüssen muss. Hand an die Mütze oder auch noch anmelden? Meist genügt zum Glück die Hand.

Zwei, drei Tage waren dann doch noch angenehm. Wir wurden auf der Wiese verpflegt und konnten danach bei schönstem, warmen Herbstwetter unter den Birken liegen, zwischen denen heute manchmal Schafe weiden, wenn ich eine Runde auf dem Rossboden laufe.

Und dann ist er endlich da! Der Tag, auf den ich so lange gewartet habe: Samstag, 7. November 1970.
Die ganze Kompanie steht ausgerichtet auf dem Platz vor der Kaserne, auf dem schon unzählige Rekruten, Korporale und Offiziere ihre Spuren hinterlassen haben.
Oberleutnant Lochmeier grüsst zum letzten Mal mit zwei Streifen am Hut. Das nächste Mal wird er als Hauptmann eine RS führen. Doch daran scheint er nicht zu denken.
Er wartet, bis die Kompanie mucksmäuschenstill steht und ruft: «ABTRETEN!»

DIENST AM VATERLAND

WINTER-WK IN TSCHLIN

Zwei Wochen nachdem ich mich etwas zivilisiert habe, erhalte ich eine Nachricht. Das gedruckte Schreiben auf der hellgelben A6-Karte befiehlt mir, bereits in zwei Monaten wieder mit Sack und Pack in den ersten WK einzurücken.

Am 15. Februar 1971 sass ich dann, zusammen mit vielen anderen «Grünen», im Zug ins Engadin. Eine Fahrt in die «tiefsten Klüfte» meiner Gefühle.

Besonders zu denken gab mir, dass der WK im Winter stattfand. In der Sommer-Rekrutenschule ausgebildet, fehlte mir die Winterausbildung im Schnee. Ich ahnte, dass das für mich Probleme geben würde. Und so war es denn auch.

Dass ich keine Ahnung von den Techniken der Feindbekämpfung im Schnee hatte, merkte ich schon am ersten Tag.

Es gab eine bestimmte Art die kurzen Militärskis auf dem Rucksack zu befestigen, die ausser mir scheinbar alle beherrschten. Als der Befehl zum Abmarsch ertönte, war ich der Einzige, der die Ski noch nicht aufgeschnallt hatte. Ich wusste einfach nicht wie. Und so klemmte ich die kurzen, weissen Bretter einfach unter den Arm und lief als Letzter in der Kolonne mit.

An einem Abend liefen wir mit den Fellen an den Ski eine Stunde vom Dorf Tschlin *duruf* bis zu einem Stall, von wo aus eine Nachtübung gestartet werden sollte.

An die Übung kann ich mich nicht mehr erinnern, an die Rückfahrt ins Dorf um Mitternacht umso deutlicher. Wegen des Gewichts von Rucksack und Gewehr blieben die Felle beim Hinunterfahren an den Ski. So konnte jeder Füsilier in gleichbleibendem Tempo den Abstand zum Vordermann einhalten.

Der Leutnant fuhr dem Zug voran, die Korporale und Soldaten folgten. Auch ich reihte mich ein und kurvte brav im Stemmbogen mit.

Eine Zeit lang lief alles nach Plan. Doch dann wurden einige plötzlich schneller, andere blieben zurück. Der Zug löste sich auf. Im Dunkeln war schwer auszumachen, wie weit der Vordermann entfernt war. Ich liess die Ski laufen und sah zu spät, dass mitten auf der Spur zwei dunkle Gestalten angehalten hatten. In den Tiefschnee ausweichen konnte ich nicht, weil ich dann gestürzt wäre. Also fuhr ich weiter.

Die Gestalten kamen rasch näher. Als sie die Gefahr erkannten, schrien sie: «Achtung, anhalten!». Doch es war zu spät. Wie eine Lokomotive auf Schienen fuhr ich mitten durch sie hindurch. Einer flog links in den Schnee, der andere rechts. Das Gefluche und Geschimpfe hinter mir löste einen Lachkrampf in mir aus. Ich konnte kaum weiterfahren und wäre beinahe auch im Schnee gelandet.

Als die Kompanie sich auf dem Dorfplatz versammelte, fragten zwei aufgebrachte Füsiliere, wer sie im Dunkeln in den Schnee katapultiert habe. Doch niemand wusste etwas. Und ich schon gar nicht.

HERBST-WK IN RUSCHEIN

Für meinem zweiten WK im Oktober 1972 musste ich in Ilanz einrücken. Die ganze Kompanie lief vom Bahnhof mit Vollpackung die steile Strasse *duruf* nach Ruschein.

Als wir im Dorf ankamen, war ich nicht mehr in bester Stimmung. Das Laufen auf der geteerten Strasse mit dem schweren Rucksack hatte mich völlig «auf den Hund» gebracht. Solche Krämpfe war ich als Jünger Gutenbergs nicht mehr gewohnt.

Auch in Ruschein gab es, wie in allen Gebirgsfüssel-WKs, eine Übung, wo feindlichen Panzer aus dem Osten bekämpft werden mussten. Bei einem Gefecht auf der Ruscheineralp wurden mir zwei orangenfarbene Granaten ausgehändigt, die ich beim Vorrücken über die Alpweide auf mein Gewehr montieren und auf ein Panzerziel schiessen sollte. Ich befestigte die beiden Granaten mit dem

Geschosskopf nach unten an meinem Rucksack, eine auf der linken, die andere auf der rechten Seite.

Während der Rennerei über die Alpweide, über Gräben und durch Stauden, störten die Geschosse, weil sie wild hin und her schlugen. Da sich bis zum Gefechtsende kein einziger feindlicher Panzer auf der Ruscheiner Alp blicken liess, musste ich sie jedoch nicht abfeuern, was mir noch so recht war.

Nach dem Gefecht wurden die Granaten wieder eingesammelt. Zwei fehlten. Meine. Ohne dass ich etwas bemerkt hatte, waren sie verloren gegangen. Die ganze Kompanie musste nochmals über das Gefechtsgelände laufen und meine *Runcla* suchen.

Eine Woche später wurden wir um vier Uhr morgens auf Lastwagen verladen und im Kämpfer von Ruschein nach Vals transportiert. Aus mir unerklärlichen Gründen wurden noch ein paar Handgranaten verteilt. Auch ich bekam eine, und steckte sie in die hintere Tasche meines Kämpfers.

Wir fuhren durch die Nacht, dann durch die Dämmerung, und als wir in Vals ankamen, war es hell. Die Lastwagen hielten an, die ersten Füsiliere stiegen aus. Ich sass ganz hinten und hatte fast geschlafen. Plötzlich hörte ich aufgeregtes Stimmengewirr. Ein Fragen und Rufen drang in meinen halbwachen Zustand.

«Wem fehlt eine HG?» Ich griff ich nach hinten in den Kämpfer, wo ich meine verstaut hatte. Sie war verschwunden! Als Letzter stieg ich aus und musste Meldung machen, dass meine Handgranate fehlte. Sie war jedoch nicht verloren gegangen wie die Runcla auf der Ruscheiner Alp. Nein, meine HG baumelte am Gummizug der Plane an der Aussenseite des Lastwagens.

Während ich auf meinem Rucksack sass – wie übrigens alle anderen auch – hatte es die Tasche meines Kämpfers nach oben gedrückt. Die Granate war zwischen Seitenwand und Plane gefallen, im Verlauf der Fahrt nach unten gerutscht und am Gummizug hängen geblieben. Das gab eine grosse Aufregung. Man fragte sich, was passierte wäre, wenn das Geschoss heruntergefallen und unter die Räder geraten wäre.

WINTER-WK SAMEDAN

Am 28. Januar 1974 musste ich zum zweiten Mal in einen Winter-WK einrücken.

Der erste in Tschlin war mir noch in bester Erinnerung. Deshalb hielt sich meine Begeisterung in Grenzen, als ich in Samedan aus dem Zug stieg und in einem Heer von «Grünen» auf der schneebedeckten Strasse *z Dorf durus* zur Truppenunterkunft lief.

Als ich inmitten der Kompanie vor dem langen Betongebäude stand und auf die Winterausrüstung wartete, war mir, als ob ich in einem schlechten Traum erwacht wäre.

Alles schien so unwirklich. Erst vor Kurzem war ich von Basel wieder nach Chur gezügelt. Und nun stand ich plötzlich frierend zwischen schneebedeckten Bergen, auf einem Platz, auf dem ein eiskalter Wind seine Spielchen trieb und ein dominanter Vorgesetzter Befehle brüllte.

Ich bekam die Arbeitsuniform, in der ich wieder drei Wochen lang aussehen würde wie ein Landstreicher, versorgte das Ausgangstenue in der Affektentasche, stülpte die Laschen der mit Schafwolle gefütterten Mütze nach aussen, zog sie über die Ohren und knüpfte sie unter dem Kinn fest. So sah ich nicht gerade aus wie James Bond, doch meinen Ohren war das egal.

Die Hauptaufgabe unserer Kompanie in diesem Winter-WK bestand darin, die Rennpisten der Alpinen Skiweltmeisterschaft in St. Moritz präparieren zu helfen.

Das war etwas, was auch mich interessierte. Anfangs zweite Woche, am Montag, 4. Februar, war es soweit. Die ganze Kompanie wurde in Lastwagen nach St. Moritz und mit dem Lift hinauf ins WM-Gelände verschoben.

Ich erinnere mich daran, wie wir bei schönstem Wetter die Pisten abrutschen, einer hinter dem anderen. Ich sehe Gustavo Thöni mit dem Sessellift hinauf zum Start fahren,

erlebe, wie er den Slalom fährt und bin ungeheuer beeindruckt,
mit welchem Tempo auf der harten Piste die Tore umfahren
werden.
Es ist das erste Mal, dass ich so etwas aus nächster Nähe
beobachten kann. Doch meine Freude ist getrübt, etwas liegt
mir schwer auf dem Magen. Meine Kompanie wird die ganze
Ski-WM begleiten, ich nur bis am Dienstag.

Nach der ersten WK-Woche gab der Feldweibel am Samstag beim Abtreten bekannt, dass der letzte Zug nach Samedan am Sonntagabend um 19.15 Uhr in Chur abfahren werde.

Ich verbrachte ein schönes Wochenende bei meiner Freundin zu Hause, mit ihren Eltern und Schwestern, wo wir wohnten, bis unsere Wohnung an der Giacomettistrasse bezugsbereit war.

Am Sonntagabend begleitete mich Esther auf den Bahnhof. Als wir dort ankamen, war kein einziger Uniformierter zu sehen.

Nachdem ich die Abfahrtszeiten nach Samedan studiert hatte, fiel es mir wie Schuppen von den Augen: Der letzte Zug ins Engadin war vor fast zwei Stunden abgefahren.

Ich hatte die Zeit, die der Feldweibel verkündet hatte, falsch gespeichert. Neunuhrfünfzehn statt neunzehnuhrfünfzehn.

Der Vater meiner Freundin hatte Verständnis und versuchte, mir zu helfen. Er gab mir die Nummer des Kompaniebüros in Samedan, und ich erklärte dem wachhabenden Füsilier, dass ich am nächsten Morgen mit dem ersten Zug eintreffen würde. Das war alles, was ich im Moment tun konnte.

Am Montagmorgen um halb zehn Uhr melde ich mich im
Kompaniebüro: «Hauptmann, Füsiliar Capadrutt!»
Der Hauptmann sagt «Ruhn!», und ich versuche ihm zu er-
klären, weshalb ich erst jetzt da bin.
Er meint, dass das keine Entschuldigung sei, sagt, dass alles
zusammen genügt, um mir fünf Tage scharfen Arrest zu ge-

ben. Einrücken am Mittwoch, Austritt am Montagmorgen. Danach dürfe ich eine Woche früher nach Hause, was bedeute, dass ich den WK wiederholen müsse.

«Alles zusammen» beinhaltet zu dem verspäteten Einrücken: Dass an einem Abend – weil im Café in eine Illustrierte vertieft – nicht auf die Uhr geschaut und ein Antrittsverlesen verpasst wurde. Und, dass mein Helm verschwunden ist.

ARREST

Die Arrestzellen befanden sich in einer Militär-Holzbaracke ausserhalb dem Dorf S-chanf. Ein ganz kleiner Trost für mich war, dass noch zwei Füsiliere meiner Kompanie fünf Tage bekommen hatten.

Ich war überrascht, dass die Pritsche wirklich schmal und hart und die Zelle so klein und eng war wie die Gefängniszellen, die ich in Filmen gesehen hatte.

Nachdem man mir den Gürtel und das Sackmesser abgenommen hatte, fühlte ich mich wie ein Sträfling. In der Nacht war es saukalt, und die Tage waren endlos lang, weil ich nichts zu tun hatte. Auf der Holzwand neben der Liege hatten meine Vorgänger diverse Spuren hinterlassen. Ich war gefrustet und wütend und beschloss, es den Militaristen zu zeigen. Was genau ich auf die Wand schrieb, weiss ich nicht mehr. Aber ich denke, meine «Gedenkschrift» hätte einem Revolutionär alle Ehre gemacht.

Mittwoch, Donnerstag, Freitag und Samstag lag ich – bis auf einen kurzen täglichen Spaziergang vor der Baracke – meist mit geschlossenen Augen auf der harten Pritsche. Ab und zu schlief ich ein, wurde wieder wach, hörte meine beiden Leidensgenossen durch die dünne Holzwand und wartete, wartete, wartete …

Doch dann wache ich auf, und es ist Sonntag. Ein wunderbarer, sonniger Wintertag. Vor der Baracke geht es hoch zu und her. Die Küchenmannschaft stellt Tische und Bänke auf und

Am Sonntag mit zwei Kameraden der Küchenmannschaft.

macht ihre Arbeit in der freien Natur. Gegen Mittag geht die Tür auf: «Kasch usa koh!»
Endlich wieder frische Luft, Licht und Sonne. Zusammen mit den beiden Oberhalbsteinern verbringe ich einen unbeschwerten Mittag und Nachmittag. Wir liegen in der Sonne, bekommen zu essen und müssen erst gegen Abend für die letzte Nacht in unsere Zellen.

Am Montagmorgen durfte/musste ich nach Hause. Eine Woche früher als alle anderen. Als ich als einziger junger Mann in Uniform im Zug nach Chur sass, war ich erleichtert.

Dass ich den WK wiederholen musste, kümmerte mich nicht. Wichtig war nur die Gegenwart. Und die war im Moment um Vieles besser als noch vor ein paar Tagen.

ES FÄHRT EIN ZUG

WIEDER IM TAGBLATT

9. November 1970, 07:00 Uhr, Satzabteilung Bündner Tagblatt. Ein junger Mann mit kurzen schwarzen Haaren und einem speziellen Bart, der vom Schnauz zum Kinn und von dort in einem dünnen Streifen bis zu den Koteletten führt, steht am Satzregal, an dem er vor vier Monaten zum letzten Mal gearbeitet hat.

Mir ist, als ob ich träume. Bin ich wirklich wieder in der Druckerei? Doch ja, Stefan kommt auf mich zu. Begrüsst mich freudig, klopft mir auf die Schultern.
Auch Herr Pfadenhauer ist da, fragt, wie es war. Er hört kurz zu, gibt mir die erste Arbeit und beschreibt, was zu tun ist. Dann wippt er von den Fersen auf die Zehenspitzen, schaut auf die Uhr und sagt, bis wann ich fertig sein muss.
Statt GP 11-Patronen in ein 24-ziger-Magazin schiebe ich nun 14-Punkt-Bleibuchstaben in den Winkelhaken, schliesse auf zwanzig Cicero Breite aus und platziere die Überschrift über die Zeilen, die der Maschinensetzer für den Umbruch der 24-seitigen Broschüre geliefert hat.
Der Vormittag vergeht wie ein Traum. Am Mittag esse ich mit Stefan im Restaurant Radi. Den Rest der zwei Stunden Mittagszeit verbringen wir in der Ecke beim Eingang zum Rätushof an der Bahnhofstrasse. Trotzdem es schon Anfang November ist, läuft ab und zu eine Vertreterin der reizvollen Siebziger-Jahre-Mode die Bahnhofstrasse duruf.
Als ich nach der Arbeit meinen Briefkasten öffne, finde ich einen Brief meiner Freundin aus England. Ich freue mich, bin aber gleichzeitig enttäuscht. Sie schreibt, als ob ich nur ein guter Freund wäre. Lustig, unverbindlich, kumpelhaft.
Kein Wort davon, dass sie mich vermisst. Ich bin allein und wünsche mir eine Freundin zum Anfassen, eine mit der ich ausgehen kann, die immer für mich da ist.

EINE NEUE FREUNDIN

Es wurde Frühling. Die Vögel zwitscherten, die Luft war – wie in Erich Kästners Frühlingsgedicht – «weich wie Daunen». Passend zu meinen Frühlingsgefühlen stand eines Tages eine junge Frau in der Setzerei, die mir auf Anhieb gefiel. Gross gewachsen, blaue Augen, Brille, herzliches, offenes Lachen, Ausstrahlung und Temperament. Und sie trug die gleichen Schuhe wie ich: Clarks.

Nach ein paar Tagen, als ich gerade zum Hintereingang der Druckerei lief, fuhr sie mit ihrem Töffli von der Tiefgarage herauf.

Ich blieb stehen, sie bremste knapp vor mir, und ich sagte zum Spass: «Jetzt hättisch mi fasch übarfahra!»

Ihr herzliches Lachen gefiel mir. Etwas zog mich zu ihr hin, jeden Tag etwas mehr.

Eines Tages setzt die neue Schriftsetzer-Lehrtochter an der Zeilensetzmaschine Ludlow die Titelzeilen für die Zeitung. Ich sehe sie heute noch dort stehen. In der blauen Setzer-Schürze, mit einem weissen Rollkragenpullover darunter und dem Winkelhaken in der Hand.
Sie schaut mich an. Viel länger als nötig. Es ist ein Blick, der mich nicht mehr loslässt.
Etwas später fällt mir auf, dass ein älterer Kollege ihr den Hof macht. Das ärgert mich. Ich beschliesse, zu handeln.

An einem Freitagabend liefen wir zusammen zum Kino Apollo. Ich trug, ganz im Stil der Siebziger, eine weisse Kunstlederjacke, die bei jeder Bewegung knisterte. Damit hatte meine neue Freundin jedoch kein Problem, es war etwas anders, das ihr Sorgen machte.

Ohne einen Gedanken daran, dass sie solche Filme vielleicht gar nicht mochte, hatte ich für unseren ersten gemeinsamen Kinobesuch einen Edgar Wallace-Film ausgewählt.

Nach dem Kino begleitete ich Esther nach Hause. Über den Bahnhof und die Turnerwiese in die Masanserstrasse, beim «tekta

Brünnali» die Kreuzgasse hinauf etwas später links in die abwärts-
führende Gasse zum Haus ihrer Eltern.

Vor dem Eingang blieben wir stehen, kamen uns näher und ver-
gassen, wie spät es war.

Plötzlich Licht im Treppenhaus. «Oh je, mina Papa!»
Es gibt zwei Möglichkeiten für mich: stehen bleiben und den
alten Herrn begrüssen oder abhauen, solange noch Zeit ist.
Ich entscheide mich für das Letztere und spurte die Gasse
duruf, als ob ich einen Achtzigmeter-Lauf gewinnen müsste.
Zu spät!
Eine Stimme holt mich ein:
«Pürschtli, kumm dahära!»
Ich kehre um und sage «Guata Abad ...»

Dass ich mich der Situation stellte, besänftigte den knorrigen
Berner schnell. Er erklärte mir, dass seine Tochter um zehn Uhr zu
Hause sein müsse. Und dass er wissen wolle, mit wem sie am Abend
unterwegs sei.

LONDON

Irgendwann im Juni 1971 läutete während der Arbeit plötzlich mein
Handy ...

Nein, natürlich war es anders. Vielleicht schrieb mir Renzo, mit
dem ich in der Rekrutenschule war, eine Karte oder kontaktierte
mich über das Geschäftstelefon der Druckerei. Er erzählte, dass
er für zwei Personen eine Woche London gebucht habe, der Kollege aber verhindert sei. Ob ich vielleicht das Ticket übernehmen
möchte.

Renzo kam aus der Surselva, lebte am Zürichsee und redete Züridialekt, weil er nicht wollte, dass die Leute seine wahre Herkunft
erfuhren. Das kam mir komisch vor, weil wir Bündner im Unterland ja besonders wegen unserem Dialekt beliebt sind.

Renzo machte die Zweitweg-Matura und wollte in ein paar Jahren ein hohes Amt in einer Rechtsabteilung bekleiden.

Mit seiner erfolgsorientierten Berufsplanung war er das genaue Gegenteil von mir. Mein Leben ähnelte im Moment dem, was Christian Anders in seinem Schlager «Es fährt ein Zug nach nirgendwo ...» besingt. Erfolg und das Erreichen einer hohen beruflichen oder gesellschaftlichen Position interessierte mich nicht. Mir reichte es, meinen Lebensunterhalt zu verdienen.

Was nicht hiess, dass ich keine Ziele hatte. Mein Ehrgeiz war nur nicht materiell bedingt. Ich wollte herausfinden, was der Sinn des Lebens war, wollte entdecken und forschen. Fragte mich, warum, wieso und wozu ich auf der Welt war. Wieso das Leben war, wie es war. Warum die Leute so verschieden waren. Weshalb die einen im Überfluss lebten und die anderen verhungerten.

Das waren Fragen, die mich beschäftigten. Das Streben nach Reichtum, Ansehen und sogar Glück war zweitrangig. Und ist es immer noch.

Für die Reise nach London kaufte ich mir extra neue Kleider. Als ich nach Hause kam, legte ich meinen Einkauf auf mein Bett: Einen dunkelvioletten, eng taillierten *Tschopen*, hellviolette Hosen und ein farblich dazu passendes Hemd.

Ich zog Jeans und T-Shirt aus und die neuen Kleider an. Der junge Mann mit den fast schulterlangen, schwarzen Haaren, der mich im Spiegel mit dunklen Augen prüfend anschaute, gefiel mir. Er lächelte mir zu und sagte: «*Machsch a guati Falla!*»

Am Reisetag fuhr ich mit der SBB nach Kilchberg, wo mein RS-Kollege wohnte. Wir trafen uns mit der Reisegesellschaft und fuhren mit dem Bus zum Flughafen. Unterwegs verlangte Renzo, dass ich mit ihm Romanisch reden solle.

Das konnte ich leider nicht. Darum, weil es Bäsi Anna nicht gelungen war, Mama für ihr Romanisch zu überreden, und deshalb zu Hause immer deutsch gesprochen worden war.

Renzo glaubte mir nicht. Er war überzeugt, dass ich nur nicht wollte. Das war der Anfang unserer einwöchigen Londonreise. Die Freude an meinem ersten Flug liess ich mir deswegen aber nicht verderben.

Als das Flugzeug langsam anrollte, dann immer schneller wurde, wie eine Rakete über die Rollbahn raste, abhob und steil in den Himmel stieg, erfasste mich ein Gefühl von Abenteuer und Freiheit. Ich beschloss, dass ich das noch öfter erleben wollte.

Nach der Landung auf dem Londoner Flughafen (auf welchem, weiss ich nicht mehr!) fuhren wir unter Aufsicht der Reiseleitung mit einem Bus ins Hotel, bezogen unser Zimmer und konnten dann wählen, ob wir die ganze Woche in der geführten Gruppe London erleben oder auf eigene Faust losziehen wollten. Renzo wollte nicht in die Gruppe, und mir war das recht.

Am nächsten Tag nach dem Morgenessen brachen wir auf. Renzo, mit dem Stadtplan in der Hand, und wies uns den Weg.

Eine Zeit lang fand ich seine Führung bequem. Doch dann kamen wir auf einen Platz, an dem ich länger bleiben wollte. Da war ein grosser Brunnen mit vielen jungen Leuten rundum, die auf den Steintreppen sassen, lagen, rauchten, tranken und es lustig hatten. Der Piccadilly-Circus.

Mein Kollege, in den Plan vertieft, zeigte in eine Querstrasse und lief bereits weiter. Ungern folgte ich ihm. Und so ging es weiter, den ganzen Tag. Wenn ich ihn fragte, wohin wir unterwegs seien, gab er keine Antwort.

Als wir wieder im Hotel waren, gab es deswegen eine kurze Auseinandersetzung, die dazu führte, dass ich den Rest der Woche London allein erkundete.

Als Erstes besuchte ich am nächsten Tag den Piccadilly-Circus, setzte mich zu den vielen jungen Menschen auf die Steintreppe vor dem Brunnen und genoss das Gefühl, dazuzugehören.

Heute bin ich beeindruckt von dem, was ich in diesen paar Tagen alles unternahm. Ich fuhr mit der Metro durch die Stadt, besuchte vier verschiedene Museen und kam dabei mit einem grossen, freundlichen Schwarzen ins Gespräch. Obwohl ich kein Wort Englisch verstand und er kein Deutsch, konnten wir uns verständigen. Er fragte mich, woher ich komme, und ich sagte Zürich, weil ich dachte, Dalin kennte er sicher nicht. Er fing an zu strahlen, kannte Zürich, ja war schon einmal dort gewesen.

Am späten Abend, auf dem Weg zum Hotel, sass eine ärmlich gekleidete Frau auf dem Trottoir und rief mit ausgestreckter Hand «CHILDREN, CHILDREN!»
Weil ich kein Englisch verstand, begriff ich nicht, was sie wollte. Als sie verzweifelt schreiend auf mich zukam, bekam ich es mit der Angst zu tun und lief davon. Heute weiss ich natürlich, dass sie um Geld bettelte, um ihre Kinder zu ernähren.

Schnell merkte ich, dass man leicht auf die Plattform am Ende der anfahrenden Doppelstock-Busse aufspringen konnte. Auf diese Weise fuhr ich immer wieder ein Stück durch die Stadt und sprang ab, wenn ich das Gefühl hatte, ich sei jetzt weit genug gratis gefahren. Denn zu stark wollte ich das Londoner Verkehrsunternehmen doch nicht ausnutzen.
Auch mit der Ernährung kam ich gut zurecht. Fast an jeder Strassenecke standen Hotdog-Verkaufsstände. Immer, wenn ich Hunger hatte, kaufte ich so eine Delikatesse mit Sauerkraut. Auch heute noch läuft mir in der Erinnerung daran das Wasser im Mund zusammen.

An einem Nachmittag besuchte ich den Hyde-Park. Ich spazierte über die kiesbedeckten Wege, genoss die wunderschön gestalteten Grünflächen und legte mich irgendwann zum Ausruhen auf den Rasen wie viele andere Leute auch. Die Sonne schien mir ins Gesicht. Ich schloss die Augen und dachte daran, dass es die gleiche Sonne war, die mich schon als Bub beim Heuen auf Prau Pigniel gewärmt hatte.

Eines Abends geriet ich in ein Quartier ähnlich dem Welsch-dörfli in Chur oder dem Niederdörfli in Zürich. Überall hingen rote und rosarote Leuchtreklamen, die um Kunden warben.

Gerade als ich beschloss, dieses Quartier so schnell als möglich zu verlassen, traf ich vor einem Lokal eine junge Frau meiner Reisegesellschaft. Sie war auch allein unterwegs und sprach fliessend Englisch. Sie kam mit mir ins Dancing, und nachdem wir bei heulender Rock-Musik einmal getanzt hatten, liess sie mich stehen und unterhielt sich mit einem Schwarzen.

Da ich kein Wort verstand und die laute Musik mir nicht gefiel, war ich schnell wieder auf der Strasse. Auf dem Weg zum Hotel kaufte ich einen Sauerkraut-Hotdog, und während ich kauend weiterlief, bemerkte ich in einem Hauseingang eine Gestalt, die dort auf dem nackten Boden schlief. Das beelendete mich. So etwas gab es bei uns in Graubünden nicht.

Plötzlich war meine Dancing-Bekanntschaft wieder da. Während wir zum Hotel liefen, erzählte sie von ihren Reisen. Sie schien eine besonders unabhängige, junge Frau zu sein und sagte, dass sie nicht mit uns zurückfliege. Sie werde als Nächstes durch Frankreich trampen. Das beeindruckte mich. Obwohl sie nicht viel älter war als ich, fühlte ich mich neben ihr wie ein Greenhorn.

Während der ganzen Woche, und vor allem seit ich allein durch London streifte, spürte ich eine innere Verbindung zu einer Person, der ich vor etwa zwei Wochen einen Edgar-Wallace-Film zugemutet hatte. Es war wie ein leichter Sog, ein wärmendes Gefühl, ein Ahnen, dass wir bereits tief innen miteinander verbunden waren. Etwas, was ich noch nie erlebt hatte.

Und dann war die London-Woche vorbei. Ich traf mich wieder mit meiner Reisegruppe und mit Renzo. Er war etwas beleidigt, dass ich es geschafft hatte, die ganze Woche ohne seine Führung zu verbringen.

Ich sitze auf der linken Seite am Fenster. Das Flugzeug hebt ab, schraubt sich in die Höhe, immer weiter hinauf. Nachdem der Steigflug beendet ist, und ich wieder geradeaus schauen kann, spüre ich eine grosse Traurigkeit.

Diese Ferienwoche war ein grosses, befreiendes Erlebnis. Für mich ist klar, dass ich London bald wieder besuchen werde, vielleicht sogar mit meiner neuen Freundin.

Das Flugzeug dreht sich in einer langen Kurve auf die rechte Seite. Der Horizont schiebt sich in die Höhe. Ich sehe das Meer und lange, weisse Wolken, die von der untergehenden Sonne beschienen, parallel zum Horizont über der Erde schweben. Dieses Bild löst eine unbestimmte Sehnsucht in mir aus. Nach Weite, Ferne und Abenteuer ...

Die Stimme des Piloten reisst mich aus meinen Träumen. In zwanzig Minuten landen wir in Kloten.

Die Sehnsucht löste sich auf, änderte die Richtung und fügte sich wieder zusammen. Zu einem Gesicht mit grossen blauen Augen, herzlichem, offenem Lachen, Ausstrahlung und Temperament ...

PREMANTURA

Die Landung im Alltag nach der Woche in London war ziemlich hart. Zum Glück gab es bei der Arbeit nun eine Person, für die ich mehr war als nur ein Arbeitskollege.

An einem Samstag laufe ich durch die Stadt. Sie fehlt mir. Was soll ich machen? Mein Handy ist noch nicht erfunden und ihres auch nicht.

Als ich von der Poststrasse nach rechts auf den Kornplatz abbiege, sehe ich zwei Frauen vom Kornplatz in die Untere Gasse laufen. Die eine trägt offen einen langen, grün gemusterten Regenmantel, der beim schnellen Laufen hin und her

schwingt. Sie ist es. Fast wäre ich ihr nachgerannt, doch ich
scheue die ältere Frau an ihrer Seite, die nur ihre Mutter sein
kann.

Einige Zeit später fragte mich Horst, ein Maschinensetzer, ob ich
mit ihm und seinem Kollegen für eine Woche nach Jugoslawien ans
Meer fahren möchte. Er könne in der Nähe von Pula in einem Föh-
renwäldchen am Meer einen Wohnwagen mieten. Das kam überraschend. Ich wusste nicht, ob ich schon wieder eine Woche Ferien
bekommen würde.

Doch es klappte. Ein paar Wochen später sass ich im grauen
VW-Käfer von Horsts Kollege Aldo. Auf dem hinteren Sitz zwischen unseren Reisetaschen und meiner Gitarre. Und fühlte mich,
als ob es auf eine Weltreise ginge.

Wir fuhren durch den San Bernardino-Tunnel nach Lugano,
von dort nach Como und an Mailand und Venedig vorbei bis nach
Triest. Das war eine lange Reise, und hinten im VW war es ziemlich
eng. Ich öffnete das Fenster, streckte die Beine hinaus und sang mit
Gitarrenbegleitung einen Schlager von Freddy Quinn: *Seemann,*
lass das Träumen ...

Horst fand das lustig, lachte und spasste. Aldo sagte nichts.
Irgendwo zwischen Venedig und Triest hielten wir an und machten
am Strassenrand eine Pause. Horst rauchte genüsslich eine Zigarette. Aldo auch. Schweigend aber zufrieden, wie mir schien. Als er
nach Stunden noch nichts gesagt hatte, fragte ich Horst, ob etwas
nicht in Ordnung sei.

«Nein, alles ok, Aldo ist einfach so», sagte er. Und so war es. Aldo
war ein schweigsamer Typ. Er redete nur, wenn ihn etwas besonders
interessierte oder beschäftigte.

In Triest fanden wir in Hafennähe ein günstiges Hotelzimmer,
setzten uns nach dem Einchecken ins – von Traubenranken über-
wachsene, mit Lichtgirlanden geschmückte – Gartenrestaurant und
bestellten eine Pizza.

Horst war der Gesprächigste. Aldo sagte nichts. Hob jedoch sein Glas und prostete uns lächelnd zu. Er ging scheinbar immer den Weg des Friedens. Wie ich. Und so liessen wir Horst gewähren und folgen ihm, als er noch etwas erleben wollte.

Selbstbewusst trat er vor uns in eine Bar. Alles da drin war dunkel. Das Licht, das Holz am Tresen und auch die Typen, die dort standen und uns schweigend musterten.

Horst hievte sich auf einen Barhocker, winkte Aldo und mich auf die Sitze links und rechts und bestellte für alle ein Bier. Dann schaute er mit erhobenem Kopf in die Runde und musterte herausfordernd die kräftigen, schwarzhaarigen, einheimischen Männer.

Nachdem er sein Bier schnell getrunken hatte und ein zweites bestellte, wollte der Barkeeper Geld sehen. Horst bezahlte, liess dabei jedoch eine abfällige Bemerkung fallen.

Die Männer an der Bar verstanden vermutlich kein Schweizerdeutsch. Doch an Horts Gesichtsausdruck konnten sie leicht erkennen, dass seine Worte nicht gerade positiv waren.

Ein paar aufgestellte, einheimische Frauen betraten das Lokal und setzten sich lachend und gestikulierend an einen Tisch. Horst drehte den Kopf, begutachtete sie ausgiebig und prostete ihnen zu.

Jetzt wurde es brenzlig, das fühlte ich. Wenn Horst nur aufhören würde, die Frauen anzustarren. Hilfesuchend blickte ich zu Aldo, doch der blickte abwesend durch mich hindurch.

Einer der Männer an der Bar rief dem kleinen Macho eine Warnung zu. Mir hätte das genügt, doch nicht Horst. Im Gegenteil, er stellte den Kamm. Rief etwas, das wie «huara Jugos!» klang.

Ich war bereits beim Eingang, als die Männer aufstanden. Auch Aldo stand schon neben mir. Wir rissen die Tür auf und stürzten ins Freie. Kaum draussen, kam auch Horst angelaufen. Wütend, schimpfend. Ohne die geringste Einsicht, dass er alles selbst provoziert hatte.

Am nächsten Tag brachen wir auf nach Premantura. Wir fuhren viele Kurven der Küste entlang, liessen uns Zeit, verpflegten uns zwischendurch an einer Imbissbude am Meer und kamen gegen

Abend am Zielort an. Nach einigem Suchen und Nachfragen fanden wir unseren Wohnwagen in einem Föhrenwald am Rande eines Campingdorfes.

Wir teilten die Kojen auf und verstauten unser Gepäck. Horst, der Hobbykoch, machte Spaghetti mit Sauce und servierte jedem eine Portion. Nach dem Essen sassen wir bis gegen Mitternacht gemütlich und enstpannt vor dem Wohnwagen.

Herrlich war das. Warm, mild, das Meer rauschte. Aldo rauchte schweigend. Horst redete und rauchte. Er machte sich bereits Sorgen wegen der Hitze am nächsten Tag, weil er die wegen seiner hellen Haut nicht vertrug. Ich lauschte dem Geräusch der Meereswellen, die an die harten Kalkfelsen klatschten.

Um Mitternacht lief ich zum Strand hinunter. Die Lichter vom Campingdorf spiegelten sich auf dem dunklen Wasser. Vorsichtig tauchte ich einen Fuss hinein, dann den anderen, machte ein paar Schritte ... «Aua!»

Ich sprang ans Ufer und umklammerte den rechten Fuss. Etwas hatte mich gestochen. Humpelnd lief ich zum Wohnwagen zurück.

Mit Hilfe von Horsts Taschenlampe war bald klar, was passiert war. In meinem grossen Zeh steckten mehrere schwarze Seeigelstacheln.

Am nächsten Morgen zeigte sich bereits beim Morgenessen, dass sich unsere Wünsche in Bezug auf den Tagesablauf nicht deckten. Horst wollte einen Ausflug machen, Aldo nicht schon wieder fahren, und ich war dafür, den ganzen Tag am Meer zu verbringen. Aldo unterstütze meinen Wunsch, und so erklärte sich Horst widerwillig damit einverstanden.

Mit Sand konnte der Strand von Premantura nicht aufwarten. Dafür gab es jede Menge kleiner Steine, die beim Liegen durch das Badetuch drückten. Ich fand mich damit ab, säuberte meinen Platz von den grössten Steinen und legte mich hin.

Auch Aldo nahm es gelassen. Für Horst war aber alles nicht so einfach. Er hatte nicht nur ein Problem mit der Unterlage, sondern auch mit der Sonne. Er zog sich in den Wohnwagen zurück, rauchte, kam an den Strand, legte sich für eine halbe Stunde auf sein Tuch, lief wieder weg. Ich spürte, dass er unzufrieden war.

Am Abend hatte Hort genug gewartet. Jetzt wollte er in den Ausgang. Er lief voraus, Aldo und ich hintendrein. Anfangs Dorf zeigte ein Plakat eine Tanzveranstaltung an.

Aldo und ich sahen uns an. Ich wäre am liebsten umgekehrt. Doch Horst war schon weiter. Der Saal war voll von Einheimischen. Der Wand entlang sassen bunt gekleidete, junge Frauen und warteten auf Tänzer.

Während Aldo und ich noch zögernd auf der Schwelle standen, wirbelte Horst schon ein Mädchen auf der Tanzfläche herum. Tanzen konnte er, das musste man ihm lassen. Gekonnt, elegant und sicher führte er die junge Frau über die Tanzfläche, drehte sie um die Achse, zog sie an sich, stiess sie weg. Es war ein Genuss, ihm zuzuschauen. Kurz darauf holte er das nächste Mädchen und tanzte auch noch ein drittes Mal, ohne zu bemerken, dass er beobachtet wurde.

Was dann genau geschah, weiss ich nicht mehr. Auf jeden Fall stand Horst plötzlich neben mir und rief ein paar kräftige, bündnerdeutsche Schimpfworte über die Schulter in den Saal zurück.

Es war ähnlich abgelaufen wie am ersten Abend in Triest. Die einheimischen Burschen ertrugen es nicht, dass ein Fremder mit ihren Mädchen tanzte. Sie hätten ihm Schläge angedroht, wenn er nicht sofort verschwinde, regte sich Horst auf, «dia huara, verdammta ...»

Am zweiten Tag fiel uns auf, dass der Wohnwagen neben uns von drei jungen Frauen bewohnt wurde. Als sie ihre Badetücher in unserer Nähe platzierten, dachten wir, es wäre ein Zeichen, dass sie Kontakt suchten.

Horst sass meist im Schatten beim Wohnwagen, weil seine empfindliche Haut bereits aussah, als ob sie geröstet worden wäre. Aldo, der Schweigsame, kam nicht in Frage. Also streckte ich die Fühler aus. Bald darauf kam ich mit Hermine ins Gespräch. Sie erzählte, dass sie aus Wien kämen und bald wieder abreisen würden.

Einen Tag später sassen wir alle zusammen an einem langen Tisch in einer Wiese vor einem Restaurant. Das Essen war gut und vor allem unglaublich günstig.

Horst liess seinen Charme spielen, kam aber bei den Wienerinnen nicht so an, wie gehofft. Es schien fast, als ob sie mehr an den ruhigeren Schweizern interessiert wären.

Am nächsten Abend, ihrem letzten in Premantura, liefen Hermine und ich im Dunkeln ans Meer. Lange sassen wir am Strand. Sie erzählte von Wien, von ihren Träumen und Hoffnungen.

Während das Meer sanft rauschend kleine Wellen den Strand hinauf spülte, wurden unsere Worte immer spärlicher und schliesslich durch Gefühle ersetzt.

Am Vorabend unserer Heimfahrt sassen Horst, Aldo und ich auf der Terrasse eines Restaurants. Der Kellner brachte das Essen. Den Wein in einer gläsernen Karaffe. Professionell, freundlich, zuvorkommend. Das gefiel mir. Keine Einheimischen in Sicht, die Horst provozieren konnten.

Wir assen und tranken, redeten, scherzten und lachten. Die Grillen zirpten im Gestrüpp unterhalb der Terrasse, ein leichter Wind kühlte vom Meer her. Ein wunderbarer letzter Abend.

Als der Wein ausging, bestellten wir noch drei Gläser Bier. Aldo hatte den ganzen Abend, wie es seine Art war, nicht viel gesagt. Jedoch ab und zu geschmunzelt, wenn Horst und ich Spass machten. Aber dann war er immer schweigsamer geworden, und nachdem wir uns mit dem Bier zugeprostet hatten, sagte er gar nichts mehr.

Wir sind die letzten Gäste auf der Terrasse. Horst hat mir einmal gesagt, dass Aldo mit genug Alkohol zusammen unberechenbar werde, völlig ausflippen könne.
Und so ist es: Aldo drückt bedächtig seine Zigarette im Aschenbecher aus, nimmt die leere Weinkaraffe in die Hand und schleudert sie in hohem Bogen über Schulter und

Terasse hinunter, wo das Glas hörbar auf den Steinen zersplit-
tert. Darauf wirft Horst sein Weinglas der Karaffe hinterher,
und dann fliegt auch mein Glas durch die Luft.
Mit den leeren Biergläsern in den Händen sehen wir uns grin-
send an: «Achtung, fertig, looos!»
Drei Gläser fliegen durch die Abenddämmerung von Preman-
tura ... Ich schaue ihnen nach und könnte heute noch schwö-
ren, dass meins mitten im Flug kurz anhält und mir zuzwin-
kert, bevor es endgültig im Dunkeln verschwindet.

Als der Kellner die Rechnung brachte, schaute er etwas erstaunt
auf den leeren Tisch, sagte aber nichts. Wahrscheinlich dachte er,
ein Kollege hätte bereits abgeräumt.

Als wir am nächsten Morgen Premantura verliessen, empfand ich
tiefe Traurigkeit. Ich sass wieder hinten im VW-Käfer, zusammen
mit unserem Gepäck und meiner Gitarre, und wäre am liebsten sofort wieder umgekehrt.

Während wir der Küste entlangfuhren, sah ich tief unten das
Meer. Eine grosse, blaue Fläche, die immer kleiner und kleiner wurde und schliesslich ganz aus meinem Blickfeld verschwand.

Auf dem Heimweg fuhren wir der Ostküste entlang hinauf nach
Triest und von dort durch das heutige Slowenien nach Österreich,
wo wir in einem Ort übernachteten, dessen Namen ich vergessen
habe.

Während der langen Heimfahrt musste ich immer wieder an
den Abend am Strand denken. Wo es spät geworden war, und Worte durch Gefühle ersetzt worden waren, mit denen ich nun nach
Hause fuhr.

GAUTSCHATA

Kurz nachdem ich von Premantura zurück und wieder bei der Arbeit war, liessen die Kollegen im Bündner Tagblatt verlauten, dass sie schon längere Zeit herausgefunden hatten, dass ich noch nicht gegautscht und somit kein vollwertiger Jünger Gutenbergs war.

Immer wieder versuchen sie, mich zu verunsichern. Starten Scheinangriffe, stehen plötzlich um mich herum und rufen «Packt an!»
Das geht mehrere Tage so. Und dann, als ich nicht mehr daran denke, ist es plötzlich soweit: Ich höre den Ruf «Packt an!», und bevor ich reagieren kann, tragen mich vier kräftige Kollegen mit den Füssen voran durch die Satzabteilung zum

Mein Gautschbrief: *Der Gautschmeister: Rüdiger Pfadenhauer; der 1. Packer: Stefan Epli; der 2. Packer: Marius Camenisch; der Schwammhalter: Clemens Epli. Die Zeugen: Sepp Moser, Paul Casutt, Albert Flütsch, Peter Schnider, Erwin Theus, B. Wittwer, Franz Vilgertshofer, Rolf Heppner, E. Schädler etc.*

Lift. In der Tiefgarage schiebt man mich in den Lieferwagen, der auf kürzestem Weg zum Jäggi-Brunnen fährt.
Es hat den ganzen Tag leicht geregnet und erst vor einer Stunde aufgetan. Das Wasser wird alles andere als warm sein.
Um den Brunnen herum stehen bereits Leute, die auf das Spektakel warten. Die ganze Tagblatt-Belegschaft, neugierige Fussgänger und auch meine Freundin.

Der Gautschmeister verkündete den klassischen «Schwarzkünstler-Tauftext»:

Wir Jünger Gutenbergs aus helvetischen Landen tun hiermit jedermänniglich unserer hochweisen Kunstgenossen kund und zu wissen, dass der ehrsame Jünger unserer hochedlen Buchdruckerkunst Hans Capadrutt nach altem Brauch und Herkommen die Wassertauf´ ad posteriorum erhalten hat und damit in alle uns von Kaiser Friedrich III. verliehenen Rechte und Privilegien eingesetzt wurde. Kraft derselben gebieten wir allen Kunstgenossen, diesen Jünger Gutenbergs als echten Schwarzkünstler aufzunehmen.

Dann flog ich in den Brunnen. Als ich auftauchte und die Leute bespritzte, wie es Brauch war, brachte ich kein Wort mehr heraus.
Steif und schlotternd stieg ich aus dem kalten Wasser. Zum Glück war man vorbereitet, hüllte mich in eine Decke und fuhr mich im Lieferwagen nach Hause, wo ich mich aufwärmen, heiss duschen und trockene Kleider anziehen konnte.

Während vierzig Berufsjahren habe ich viele Gautscheten erlebt und auch oft mitgeholfen, weibliche und männliche Lehrlinge ins Wasser zu werfen. Doch immer hatte ich etwas Mitleid mit den Täuflingen. Vielleicht weil meine Gautschete an einem kalten, regnerischen Tag stattfand, und der Wurf ins kalte Wasser für mich ein Schockerlebnis war.

Nach der Gautschete war es üblich, dass der frisch zum Jünger Gutenbergs Getaufte ein Gautschessen spendierte. Nach ein paar Tagen oder spätestens in ein paar Wochen.

Ich wählte das ehemalige Restaurant Radi beim Untertor und beschränkte mich bei der Einladung wegen der Kosten auf die Satzabteilung.

Bei der Feier gab es nichts, was die Stimmung trübte. Es wurde ein rauschendes Fest und ein voller Erfolg. Nebst einem guten Essen gab es ein grosses Fass Bier, von dem den ganzen Abend gezapft werden konnte. In meiner Erinnerung sehe ich nur fröhliche, lachende Gesichter und glänzende Augen.

NEUORIENTIERUNG

BERUFSWECHSEL

Kurz nachdem ich von Premantura zurück war, beschloss ich, den Beruf zu wechseln. Wie ich zu diesem Entschluss kam, hatte etwas mit meiner neuen Freundin zu tun oder, besser gesagt, mit ihrem Vater.

Nach dem Kinoabend mit seiner Tochter und meiner missglückten Flucht wollte er mich näher kennen lernen. Als meine Freundin die Tür öffnete, betrat ich eine völlig andere Welt, als ich es von zu Hause in Dalin gewohnt war.

Esther hatte vier jüngere Schwestern. Lachend und kichernd wurde ich umringt, begrüsst und begutachtet. Dass die älteste Schwester schon einen Freund hatte und ihn nach Hause brachte, war ein grosses Ereignis.

Ihr Vater, ein knorriger, konservativer Berner, von Beruf Lokführer bei der SBB, überlegte nicht lange, als er hörte, dass mich die Arbeit im BT nicht befriedigte. Als ich ihm erzählte, dass ich ursprünglich zur Post oder Bahn wollte, schlug er mir vor, nochmals eine Lehre zu machen, und zwar bei der SBB, seinem Arbeitgeber.

Ich bin zum «Schnuppern» auf Besuch bei den «Statiönlern» im Bahnhof Chur. Die Männer sind begeistert, dass ein Schriftsetzer Interesse an ihrem Beruf zeigt, vielleicht sogar eine Lehre bei ihnen macht. Freundlich und ausführlich erklären sie mir ihre Aufgaben.

Ich betrachte die grosse, grüne Tafel mit den vielen Linien, Knöpfen und Lämpchen, schaue zu, wie immer wieder ein Hebel heruntergedrückt wird, um eine Weiche zu stellen. Ich fühle mich gut in diesem Raum. Und auch mit den Angestellten der SBB.

An die Kündigung meiner Stelle beim Bündner Tagblatt und meiner Unterkunft kann ich mich nicht erinnern. Vieles, was damals geschah, ist in den Tiefen meines Gedächtnisses verschwunden.

Nicht jedoch das:
Ende Sommer 1971 fährt ein landwirtschaftliches Fahrzeug
vor das Haus in der Tittwiesenstrasse in Chur. Papa und Bru-
der Albert holen mit dem Aebi meine Möbel ab.
Einen grossen, zweitürigen Kasten, das Bett, den Schreibtisch,
einen Stuhl. Die Möbel, die ich im Frühling 1970 bei Möbel
Stocker gekauft habe.
Alles kommt in Dalin in die Nebenkammer, in mein ehe-
maliges Schlafzimmer, wo mein älterer Bruder und ich einst
unsere Betten hatten.

Und dann wohnte ich für kurze Zeit wieder in meinem Elternhaus in Dalin. Zum letzten Mal in meinem Leben, was ich aber
nicht wissen konnte. Auf jeden Fall solange, bis ich die Lehrstelle bei der SBB antreten würde. Doch dann griff überraschend das
«Schicksal» ein.

Es ist Sonntagabend. Am Montag fängt meine Lehre bei der
SBB an. Ich habe meine Sachen in einen grossen Koffer ge-
packt und stehe damit auf der Laube vor der Haustüre. Bald
wird das Postauto von Präz her einfahren.
Wie ich mich von meinen Eltern verabschiedet habe, daran
kann ich mich nicht erinnern. Irgendwie müssen wir ja noch
geredet haben, Mama und ich, bevor sie mein Leben aufs alte
Gleis zurückstellte.
Plötzlich steht sie neben mir auf der Laube, nimmt mei-
nen Koffer und sagt mit harter, befehlender Stimme: «Das
machsch du nit!» Und schon ist sie mit dem Koffer im Haus
verschwunden.

Ich frage mich heute noch, wie mein Leben verlaufen wäre, wenn
Mama nicht Schicksal gespielt hätte. Denke aber auch, dass mein
Wunsch für die neue Tätigkeit bei der Bahn nicht stark genug war,
sonst hätte ich mich nicht so leicht davon abbringen lassen.

Ein paar Tage später: Ich sitze in meinem Zimmer, träume, spiele Gitarre und fühle mich wohl. Von mir aus hätte es endlos so weitergehen können.

Trotzdem weiss ich, dass ein Leben mit gratis Kost und Logis, mit Tagträumen und Fernbleiben von anstrengender, fordernder Arbeit nicht möglich ist. Ich habe ja gelernt, dass nur jemand, der hart arbeitet, etwas wert ist. Und das will ich auch, etwas tun, arbeiten, aber nicht so wie am Fliessband in einer Fabrik.

Einmal in der Woche brachte Annanutina die Zeitung der Gewerkschaft SGG, in die mich Sancho in der Lehre geholt hatte. Darin gab es jede Menge Stellenangebote für Schriftsetzer. Auch solche mit Fortbildungsmöglichkeit zum Filmsatz. Das war etwas Neues, das mich ansprach.

Das Wort «Film» zupfte eine Saite in mir an. Es klang nach Kino, nach Technik und nach Abenteuer.

Das Abenteuer fand ich dann nicht direkt in der Arbeit mit der neuen Satzherstellungstechnik, sondern im Aufbrechen zu neuen geografischen Ufern. Einige Angebote im Raum Zürich interessierten mich besonders. Und so fuhr ich eines Tages mit der SBB dem Zürichsee entlang.

Wie naiv ich noch war, zeigt der Umstand, dass ich ohne Fähigkeitsausweis und ohne Arbeitszeugnisse beim Technischen Leiter der Firma Orell Füssli vorstellig wurde.

Keine Ahnung, was ich mir dabei dachte. Der gute Mann war sprachlos, so etwas hatte er noch nicht erlebt. Trotzdem nahm er sich Zeit und versuchte, im Gespräch herauszufinden, was an diesem seltsamen jungen Bündner dran war.

Ich erwähnte dann unter anderem meine gute Abschlussnote und erzählte, dass ich plane, die höhere Fachschule zu besuchen oder die Matura auf dem zweiten Bildungsweg nachzuholen. Kurz, ich schlug mich so gut, dass er nach knapp einer Stunde bereit war, mich trotz fehlender Zeugnisse einzustellen.

Ich verabschiedete mich und teilte dem netten Mann mit, dass ich mir sein Angebot überlegen würde. Dann verliess ich die riesige Firma mit dem Gefühl, als ob mir die ganze Welt und alle Möglichkeiten darin zu Füssen lägen.

Als ich mit dem Postauto den Heinzenberg *duruf* nach Dalin fuhr, kam mir die Erinnerung an das Gespräch mit dem Manager in Zürich vor wie ein Traum. Und schon bevor ich in die Stube trat, wusste ich, dass es nicht das war, was ich wollte.

Danach griff wieder das Schicksal ein, auf jeden Fall kam es mir so vor. Ich hörte auf Umwegen, dass Lara, eine ehemalige Freundin, in Affoltern am Albis arbeite. Kurz danach sprang mir ein Inserat in der Gewerkschaftszeitung ins Auge, in dem eine Firma mit dem Namen *Schönbächler Co AG* in Affoltern am Albis einen jungen Schriftsetzer suchte, der bereit war, sich auf die neue Filmsatz-Technik einzulassen.

Dieses Inserat und Lara waren der Grund, weshalb ich bald darauf Herrn Wilhelm, dem Abteilungsleiter Satz in der Firma *Schönbächler Co AG*, die Hand reichte. Der sympathische Mann führte mich durch die Filmsatzabteilung und erklärte mir den Betrieb.

In einem hellen Raum sassen mehrere Berufskollegen an Leuchttischen, die damit beschäftigt waren, komplizierte Tabellen herzustellen. Ich schaute einem Filmsetzer über die Schultern und wusste, dass ich diese Technik lernen wollte. Es war damals das Neueste vom Neuen in der Branche, verlangte genaues Arbeiten und eine geschickte Hand.

Dass ausschliesslich Formulare und Tabellen hergestellt wurden, störte mich nicht. Ich mochte genaues Arbeiten und mag es heute noch. Was mich faszinierte war die Technik, die damit verbunden war. Die wollte ich kennenlernen.

Schon damals interessierte ich mich für alles, was in irgendeiner Form neu und aussergewöhnlich war.

Im «Film-geschäft»

Am Sonntag, 5. September 1971, stand ich zum zweiten Mal mit meinem Koffer auf der Laube vor dem Elternhaus und wartete aufs Postauto. Und diesmal hielt mich niemand zurück. Weil ich kein Geld mehr hatte, gab Papa mir vierhundert Franken mit auf den Weg. Das musste reichen bis zum Zahltag am Monatsende.

Gegen Abend stieg ich in Affoltern am Albis aus dem Zug. Mein Arbeitgeber, Herr Schönbächler, hatte mir ein Zimmer organisiert, doch das war erst ab Montag verfügbar. Ich nahm das erste Hotel, das ich in Bahnhofnähe fand, bekam mein Zimmer, begab mich dann ins Restaurant und bestellte etwas z Nacht.

Neben mir am Tisch sassen zwei Männer, die sich lautstark unterhielten und mich neugierig musterten. Es dauerte nicht lange, und der eine sprach mich an. Als er meinen Dialekt hörte, lachte er lauthals und sagte, dass ich ab morgen vermutlich in seiner Firma arbeiten würde.

Herr Schönbächler war ein leutseliger Typ mit einer lauten Stimme. Als Willkomm übernahm er gleich die Kosten für mein Nachtessen, was ihn mir sofort sympathisch machte.

Wieder in meinem Hotelzimmer fühle ich mich einsam und allein. An einem fremden Ort, weit weg von Dalin und meiner Freundin. Ich schlafe schlecht, mache mir Sorgen, ob ich das packen werde mit dem Filmsatz und den neuen Kollegen, dem neuen Chef.

Am nächsten Morgen laufe ich mit meinem Gepäck vom Hotel hinüber zum Gebäude meines neuen Arbeitgebers.

Herr Wilhelm heisst mich willkommen, stellt mich den Kollegen vor und zeigt mir meinen Arbeitsplatz. Andy, ein etwas älterer, erfahrener Filmsetzer, wird sich um mich kümmern und die ersten Wochen in die neue Technik einführen.

Nach Arbeitsschluss nahm ich meinen Koffer und lief auf dem Weg, den man mir beschrieben hatte, zum Haus meiner Schlummermutter.

Die ältere Frau empfing mich etwas reserviert, erklärte mir die Hausregeln, die auch die anderen zwei Zimmerherren, die neben mir im Dachstock wohnten, einzuhalten hätten. Oberstes Gebot: Kein Damenbesuch auf dem Zimmer! Das sagte sie mit solch einer Bestimmtheit, dass ich annahm, dass sie mit meinen Vorgängern schlechte Erfahrungen gemacht hatte.

Bald darauf schaute ich im geräumigen Dachzimmer des hübschen Einfamilienhaus aus dem Fenster und auf einen Obstbaum hinunter, der im Garten unter mir seine Zweige in den Himmel streckte.

Am Arbeitsplatz gab es einen Kollegen, der aus der Romandie, der französischsprachigen Schweiz, kam und deswegen von den Zürchern nur «der Welsche» genannt wurde. Natürlich war auch ich nur «der Bündner». Allerdings war ich als Bündner etwas beliebter als «der Welsche».

Die Namen der Kollegen, die mich wegen ihres Verhaltens und der neuen Technik, mit der sie arbeiteten, kaum noch an Jünger Gutenbergs erinnerten, habe ich vergessen. Es gab einen, der besonders ruhig und angenehm war und mich bei meinem Vornamen nannte. Dann war da aber auch ein kleiner Blonder, der in den ganzen acht Monaten kein einziges, normales Wort mit mir redete. Ausser einem abwertenden «der Bündner» hatte er für mich nur bissige Antworten und Kommentare übrig. Ein Verhalten, das ich einfach nicht verstehen konnte.

Der älteste im «Film»-Team war ein dreissigjähriger Einheimischer, dessen Arbeitsplatz etwas erhöht neben dem Diatype stand und über ein paar Treppenstufen zu erreichen war.

Das Diatype war ein – aus heutiger Sicht – sehr einfaches Zeilensetz- und Belichtungssystem. Für jede Schrift gab es eine schwarze Metallplatte, die magnetisch auf der Front haftete. Die waagrecht angeordneten Buchstaben und Zeichen wurden mit einem Handgriff einzeln angewählt und die Belichtung – ähnlich wie bei den heutigen Joysticks – durch Drücken eines roten Knopfes am Haltegriff ausgelöst.

Im Inneren befand sich – anstelle der schweren Metallmagazine bei den Bleisetzmaschinen – für jede Schriftart eine Glasscheibe, durch die ein Lichtblitz den angewählten Buchstaben auf einen Trägerfilm belichtete.

Heute kaum mehr vorstellbar wurde beim Diatyp noch im «Blindflug» gearbeitet. Es gab kein Display zur Kontrolle. Wenn man sich ablenken liess, wusste man nicht mehr, bis zu welchem Buchstaben man schon gesetzt und belichtet hatte. Die Fehler sah man erst beim entwickelten Film. Und weil nichts gespeichert werden konnte, mussten fehlbare Worte oder ganze Abschnitte neu gesetzt werden.

Das Tabellengerüst mit den Linien wurde genau ausgerechnet und mit den Koordinaten x und y für Breite und Höhe in den Formograph eingegeben. Dieses Gerät war riesig im Verhältnis zu den heutigen Computern. Trotzdem konnte man damit nur horizontale und vertikale Linien belichten.

Lagen die beiden entwickelten Filme – der Trägerfilm mit dem Text vom Diatype und das Liniengerüst der Tabelle vom Formograph – auf dem Leuchttisch, wurden mit dem Skalpell die Texte auf dem Trägerfilm ausgeschnitten und mit Hilfe einer Haftfolie und einem stark nach Ameisensäure riechenden Klebstoff in das Liniengerüst der Tabelle montiert. Es war eine aufwendige Arbeit, die eine geschickte Hand, genaues Arbeiten und Geduld erforderte.

Niemand hätte sich damals ein Gerät wie den heutigen PC vorstellen können. Mit dem man komplizierteste Tabellen, Grafiken und ganze Bücher mit Farbbildern in einem Stück herstellen kann. Und noch weniger vorstellbar war der Gedanke an ein Netz, über das Druckdaten in jedes Land der Erde geschickt werden können. Wie zum Beispiel dieses Buch, das auf diese Weise in Hamburg hergestellt worden ist.

Von heute aus gesehen liegt 1971 fast fünfzig Jahre in der Vergangenheit. In dieser war ich im Moment eingesperrt, ohne zu wissen, was in Zukunft noch alles möglich war und geschehen würde. Weil ich im ersten Monat kein Geld für ein Billett hatte, konnte ich nicht nach Hause fahren. An einem Sonntag spazierte ich über die Herbstwiesen und fühlte mich elend leer und einsam.

Besonders schwer ist es am Abend, wenn ich nach dem Nachtessen im Restaurant allein in meinem Zimmer sitze. Wenn ich telefonieren will, laufe ich zum Bahnhof. Falls ich Glück habe ist eine der zwei Telefonkabinen frei.
Die Stimme meiner Freundin wärmt mich sofort auf. Ständig muss ich jedoch Münz in den Apparat werfen. Manchmal dauert so ein Gespräch über eine Stunde. Ab und zu höre ich im Hintergrund die Stimme des knorrigen Berners, der seine Tochter auffordert, endlich aufzuhängen.
Als Esther mich am dritten Sonntag besucht, fahren wir mit der Eisenbahn nach Zug und spazieren am See.
Beim nächsten Mal haben wir mehr Glück. Die Schlummermutter ist übers Wochenende verreist, und so können wir ein paar Stunden in der Wärme verbringen.

FRÜHLING 1972

Nur ein paar Meter neben der Druckerei gab es ein Café, wo Regula, die Filmsatz-Stiftin, für uns das Znüni holte.

In der Znünipause von 09:00 bis 09:15 Uhr durfte jeder an seinem Montagepult sitzend Kaffee trinken und sein Znünibrot essen. Auch Zeitung lesen war erlaubt. Punkt 09:15 Uhr wurde wieder gearbeitet. Niemandem kam es in den Sinn, die Pause im Café nebenan zu verbringen. Wenigstens nicht, solange Herr Wilhelm das Sagen hatte. Doch dann, nach etwa vier Monaten, gab es eine Änderung. Herr Wilhelm hatte einen besseren Job gefunden und wurde durch einen Bekannten von Herrn Schönbächler ersetzt. Der neue Abteilungsleiter war schon über fünfzig und kannte sich mit der neuen Technik nicht aus. Deshalb hatte er von Anfang an schlechte Karten. Und weil er die vertrauensvolle Lockerheit seines Vorgängers durch misstrauische Kontrolle ersetzte, wurden wir Filmsetzer langsam etwas aufsässig.

Der Name des Cafés ist im Dunst der Vergangenheit verschwunden. Wahrscheinlich ist es aber das heutige Café Casino, das jetzt in der Nähe des Bahnhofs und der ehemaligen Druckerei *Schönbächler Co AG* steht.

Aus einer Art Protest heraus wurde es bald zur Gewohnheit, dass wir zu zweit unsere Pause in diesem Café verbrachten. Solange bis eines Tages der Abteilungsleiter auf der Tür erschien.

Ich sehe ihn heute noch dort stehen: Gross, hager, mit grauem Haarkranz um die Glatze und Augen die, dunkel vor Ärger, ein Netz berechtigten Misstrauens über uns warfen.

Danach war es vorbei mit den kleinen Freiheiten. Wir wurden noch stärker überwacht, was mir je länger je mehr die Freude an der Arbeit nahm.

Am Freitagabend sass ich oft lange in diesem Café, las in einer Zeitschrift und genoss die Vorfreude auf den Samstag, an dem ich nach Hause fahren konnte. Nach Chur zur Freundin und danach *uf Dalin* zu meinen Eltern.

Trotzdem Esther mich ab und zu besuchte, waren es lange Monate in der Fremde. Als der Frühling nahte, fühlte ich mit jedem Tag mehr, dass es Zeit war für etwas Neues. Was Neues genau, wusste ich nicht.

Die neue Technik war keine Herausforderung mehr. Ich hatte mit Freude gelernt, was zu lernen war. Das war's. Ich wollte nach Hause, ins Bündnerland, in die Berge. Was und wo ich dort arbeiten und ob ich überhaupt eine Arbeit finden würde, darüber dachte ich nicht lange nach.

Nachdem der Chef meine Kündigung gelesen hatte, kam er zu mir und sagte lachend: «Das isch a kurzes Gaschtspiel gsi!». Ich konnte ihn verstehen. Merkte aber, dass Herr Schönbächler noch nie das Wort *Heimwehbündner* gehört hatte.

DIE HOTELDIREKTORIN

Zügeln war damals noch kein Problem. Mein ganzer Besitz hatte in einem Koffer und einer Tasche Platz. Nachdem ich mich von meiner Schlummermutter verabschiedet hatte, machte ich mich auf den Weg zum Bahnhof.

Ich lief ein letztes Mal an der Druckerei vorbei, am Café, in dem ich viele einsame Stunden verbracht hatte, und an der Telefonkabine, für die ich grosse Dankbarkeit empfand, weil sie mir ermöglicht hatte, stundenlange Gespräche mit meiner Freundin zu führen.

Als ich im Zug sass, dem Zürichsee entlangfuhr und die ersten Berge auftauchten, wusste ich, dass ich das Richtige tat. Ich war auf dem Weg nach Hause.

Acht Monate im Unterland waren mehr als genug für einen Heimwehbündner. Dass diese Bezeichnung auch auf mich zuträfe, hatte ich nicht voraussehen können.

Vielleicht wäre alles anders gekommen, wenn im Frühling 1971 nicht eine junge Frau mit kurzen Haaren und blauen Augen im Bündner Tagblatt die Schriftsetzerlehre begonnen hätte.

Weil ich im Unterland etwas Geld gespart hatte, beschloss ich, wenigstens einen Monat lang nichts zu tun.

Kein frühes Aufstehen, keine Vorgesetzten und keine Kollegen, die beim Zuspätkommen am Morgen mit dem Typometer auf den Satzregalen ein Konzert veranstalteten wie im Bündner Tagblatt.

Ich war gespannt darauf, wie ich mit dieser ungewohnten Freiheit umgehen würde.

Über ein kleines Inserat in der Bündner Zeitung hatte ich in der Gäuggelistrasse im Haus Forum in Chur noch von Affoltern a. A. aus ein Zimmer gefunden.

Beim Anblick der Frau, die mir die Tür öffnete, blieb mir kurz die Sprache weg. Sie war viel älter, als ich anhand der Stimme am Telefon gedacht hatte. Weit über achtzigjährige, strenge Augen, eingebettet in ein faltiges, von weissen Haaren umrahmtes Gesicht, sahen mich an, als ob ich ein Hausierer wäre.

Sie zeigte mir mein kleines Zimmer, das innerhalb ihrer Wohnung lag und dessen Tür oberhälftig aus undurchsichtigem Glas bestand. Gleichzeitig gab sie mir in strengem Ton die Hausregeln durch, die natürlich wieder ein Besuchsverbot für Damen enthielten. Aber das kannte ich ja schon und wusste auch, dass ich es übertreten würde.

Frau Gredig erklärte mir stolz, dass sie viele Jahre im Engadin ein Hotel geführt habe und noch genau wisse, wie das mit meinem Zimmer ablaufe. Für sie sei ich nichts anderes als ein Hotelgast, und ich hätte mich auch so zu benehmen.

Ihr Verhalten kam mir seltsam vor, und ich beschloss, bei nächster Gelegenheit eine andere Bleibe zu suchen. Doch im Moment war ich froh, dass ich wenigstens ein Hotelzimmer hatte.

Wie meine Vermieterin das mit dem Zimmer genau meinte und was für Folgen sich für mich ein paar Wochen später daraus ergeben würden, darauf wäre ich in hundert Jahren nicht gekommen.

An einem Freitagabend fahre ich nach Dalin zu meinen Eltern und komme erst am Sonntagabend wieder zurück nach Chur. Als ich in mein Zimmer will, stoppt mich Frau Gredig und sagt, das Zimmer sei besetzt.

Weil ich zwei Tage lang weg gewesen sei und mich nicht abgemeldet hätte, habe sie, wie im Hotelgewerbe üblich, über das Zimmer anderweitig verfügt. Diese Nacht werde auf jeden

*Fall noch ihre Freundin drin schlafen, ab Montag sei es dann
wieder für mich reserviert.*
*Ich bin sprachlos, mir bleibt nichts anderes übrig, als ein an-
deres Hotelzimmer zu suchen, das ich natürlich selbst berap-
pen muss, weil ich – wie Frau Gredig mir noch einmal erklärt
– die Hotelregeln nicht eingehalten habe.*

Wenn ich am Morgen mit meiner Frau zur Arbeit durch Kasernenstrasse und Welschdörfli fahre und beim Hotel Schweizerhaus
vorbeikomme, fällt mir jedes Mal – und das seit Jahren – Frau Gredig ein.

Ähnlich wie im Film «Und täglich grüsst das Murmeltier» läuft
in dem Moment, wo dieses Gebäude links von der Strasse auftaucht,
immer der gleiche Film in meinem Kopf ab: Ich sehe Frau Gredig,
höre, wie sie mich aus meinem Zimmer weist, und erlebe, wie ich
notgedrungen im Hotel Schweizerhaus eine unruhige Nacht verbringe.

Da das Hotel gerade beim Verkehrs-Flaschenhals Welschdörfli steht, habe ich meist auch noch mehrere Minuten Zeit, diesen
Film zu geniessen. Dieses Gebäude und die Hoteldirektorin sind in
meinem Hirn untrennbar miteinander verbunden. Und auch meine
immer gleiche Reaktion darauf: Kopfschütteln, Lachen, Nichtbe-
greifen.

Schon nach kurzer Zeit merkte ich, dass es nicht so einfach war,
Tage und Wochen ohne Arbeit und Kollegen zu verbringen. Die
völlig Freiheit brachte nicht, was ich erhofft hatte.

Ich wurde unzufrieden. Sogar die Café-Besuche, die ich mit Lesen und träumen verbrachte, wurden langsam langweilig.

Und immer öfter fiel mir auf, dass ich von den Leuten schräg
angeschaut wurde. Ich spürte, dass sie keine gute Meinung
von einem jungen Burschen hatten, der nur herumspazierte, in
Cafés sass und stundenlang vor sich hinträumte. Also beschloss ich,
wieder nach Arbeit Ausschau zu halten.

WIEDER ARBEIT

Eines Tages sass ich im Café Kunsthaus an der Bahnhofstrasse, wo ich oft mit meiner Freundin Zeit verbrachte, als plötzlich Stefan, der ehemalige Kollege vom Bündner Tagblatt, vor mir stand.

Ich erzählte ihm, dass ich eine Auszeit genommen und im Moment ohne Arbeit sei. Er hörte zu, lächelte und sagte, dass er vielleicht einen Job für mich habe. Die Druckerei, in der er jetzt arbeite, suche gerade einen Schriftsetzer.

Und dann geschah etwas Seltsames. Plötzlich stand die Zeit still. Vielleicht nur für eine Sekunde, doch die schien ewig zu dauern.

Ich spürte, dass jemand da war und mir den Weg wies. Etwas, was ich mein ganzes Leben lang immer wieder in schwierigen Situationen erlebt habe.

Stefans neuer Chef war der Prüfungsexperte, der mir mit dem Schweizerdegen Kari Nutt zusammen die Zwischen- und Schlussprüfung abgenommen hatte. Und deshalb genau wusste, was ich als Jünger Gutenbergs wert war.

BLEISATZ UND ÖLFARBEN

Eine neue Druckerei

Mein neues Zimmer am Myrthenweg im Rheinquartier war weit entfernt vom Arbeitsplatz und befand sich im Keller eines Einfamilienhauses, doch es gefiel mir. Das rot-weiss-karrierte Bettzeug gab mir ein Gefühl, als ob ich zu Hause wäre.

Eines Tages kaufte ich im Radio- und Fernsehgeschäft Weta in der Tittwiesenstrasse einen Plattenspieler. Dazu eine Langspielplatte mit dem Trippelkonzert von Ludwig van Beethoven.

An einem Abend kam meine Freundin auf Besuch. Zusammen genossen wir die wunderbare Musik. Sie berührte den Teil in mir, der in meinem Zweitklass-Zeugnis als Träumernatur vermerkt ist. Es war eine Welt, die nichts mehr mit dem Alltag zu tun hatte.

Am Montag, 15. Januar 1973, laufe ich vom Myrthenweg hinauf in die Bahnhofstrasse und über die Quaderstrasse zur Druckerei Bischofberger & Co. Buchdruckerei Untertor.
Dass diese Druckerei auf der Bühne meines Berufslebens viele Jahre eine tragende Rolle spielen wird, weiss ich noch nicht. Doch ich habe das Gefühl, dass ich diesmal auf der richtigen Insel gelandet bin. Dass die Leute zu mir passen und ich zu ihnen.

Das Bischofberger-Haus mit Setzerei und Druckerei im Keller lag direkt an der Kreuzung Masanserstrasse/Quaderstrasse. Heute mache ich dort im Coop-Restaurant ab und zu meine Senioren-Znünipause mit Kaffee und Gipfeli.

Kurz bevor ich meine Stelle antrat, war Herr Bischofberger, der Inhaber der Druckerei, gestorben und sein Enkel, mein ehemaliger Prüfungsexperte, führte das Geschäft weiter. Anders als die Chefs, dich ich bisher kennengelernt hatte, hielt er sich im Hintergrund und liess seine Angestellten ihren Job machen.

Am ersten Morgen wartete Stefan vor dem Gebäude auf mich, begrüsste mich freudig und lief mit mir über eine Steintreppe hinunter zum seitlichen Eingang, der direkt in die Setzerei im Untergeschoss führte.

Alles war ähnlich wie in der Lehrbude in Thusis, nur etwas grösser. Ein länglicher Raum mit mehreren Satzregalen in deren Mitte eine alte, knarrende Holztreppe nach einem kurzen Quergang in den oberen Stock führte.

Am Ende der Satzabteilung öffnete sich, in einer mit Plexiglasscheiben bestückten Wand, die Tür zur Druckerei. Ein grosser, beleibter Mann kam heraus, nahm meine Hand in seine riesige Pranke und sagte: «I bin dar Pölla».

Nachdem Pölla wieder in der Druckerei verschwunden war, sah ich mich genauer um. Nirgends stand ein Montagetisch. Vom technischen Fortschritt her war ich wieder dort gelandet, wo ich vor meinem Auszug in die weite Welt gestartet war.

Irgendwie wusste ich, dass es nicht ganz das war, wovon ich geträumt hatte. In dieser Druckerei war man noch nicht so weit. Im Moment war ich jedoch froh, dass ich wieder einen Job hatte.

Als der Abteilungsleiter, der ein paar Jahre später nach einem Fest für mich zu Ernst wurde, über die knarrende Holztreppe vom oberen Stock herunterkam und aus dem dunklen Gang in die Setzerei trat, lief ein kurzes Video ab:

Im dritten Lehrjahr. Ein kleinerer, schlanker Mann betritt die Setzerei. Er trägt einen altertümlichen Hut, unter dem kleine, dunkle Augen den Raum und mich abtasten. Während er sich den Satzbereich erklären lässt, denke ich: Hoffentlich muss ich mit diesem Mann nie zusammenarbeiten!

Ernst war jedoch – entgegen meiner ersten Einschätzung – zwar ernst, aber freundlich und umgänglich. Nach der kurzen Begrüssung übergab er mir eine Arbeit, erklärte jedes Detail und schaute mich dabei etwas skeptisch an.

Erst viel später sagte er mir einmal, bei mir habe er ständig das Gefühl, dass ich nicht zuhörte.

Das erinnerte mich an mein Examen in der ersten Klasse, als Fräulein Göhring mir eine Schlangenrechnung auf der Tafel erklärte. Schon damals fehlte mir die Geduld für die «Schritt für Schritt-Methode», und so rechnete ich voraus und sagte ständig das Endresultat, was natürlich immer wieder falsch war.

Als Ernst gegangen war, studierte ich das Manuskript und hielt seit langer Zeit wieder einen Winkelhaken in der Hand.

Ich wuchtete den Setzkasten mit der benötigten Schrift auf das Regal, erstellte mit einem Blindsteg die Satzbreite und begann mit dem Setzen der ersten Zeilen.

Mit dem Ausdruck meiner Arbeit laufe ich über die knarrende Holztreppe hinauf in den ersten Stock, neben der Buchbinderei vorbei und durch einen verwinkelten Raum voller Gestelle mit Lauftaschen, Schachteln und Büchern ins Büro des Abteilungsleiters.

Ernst sitzt rauchend hinter seinem Schreibtisch. Er lässt sich Zeit, nimmt dann die Pfeife in die Hand und begutachtet sorgfältig meine Arbeit. Danach macht er ein paar Vorschläge und redet noch eine Weile mit mir. Ich merke, dass er sich auch für mich als Mensch interessiert.

Wie schon im Bündner Tagblatt störte das Rauchen auch in dieser Druckerei niemanden. Jeder durfte während der Arbeit rauchen, so viel er wollte. Pfeife und Stumpen rauchte allerdings nur der neue Abteilungsleiter.

Eines Tages bekamen wir einen Mitarbeiter aus Ingoldstadt. Bert hatte die Lehre bereits mit fünfzehn begonnen und, weil die Ausbildung zum Jünger Gutenbergs in Deutschland nur drei Jahre dauerte, war er mit achtzehn schon ausgelernt.

Bert erzählte uns, dass sich seine Mutter Sorgen machte, als sie erfahren habe, dass er in die Schweiz auswandern würde. Besonders wegen seinem Arbeitsort in Graubünden. Sie hätte sich vorgestellt, dass er auf einer Alp leben müsste und ihn gefragt, ob es denn dort wenigstens Toilettenpapier gäbe.

Wahrscheinlich hatte seine Mutter in Schillers Räuber die Beschreibung über Graubünden gelesen: *«Zu einem Spitzbuben will's Grütz – auch gehört dazu ein eigenes Nationalgenie, ein gewisses, dass ich so sage, «Spitzbubenklima», und da rath´ ich dir, reis´ in´s Graubündnerland, das ist das Athen der heutigen Gauner.»*

Bert machte seiner Herkunft alle Ehre, indem er am Abend in der *Chesa* mit dem Bayrischen Nationalgetränk seinen Durst löschte und uns am nächsten Morgen erzählte, wie viele «Mass» er geschafft habe.

Paul oder Pölla, der Chef der Druckerei, ein grosser, schwerer Mann von gut vierzig Jahren, hatte wenig Verständnis, wenn die jungen Kollegen z *Chalb* machten.

Manchmal benutzten wir einen Satzkarton, um mit einem Papierball über die Regale hinweg Pingpong zu spielen. Wenn Pölla aus der Druckerei kam und durch die Satzabteilung zur Toilette lief, verdrehte er die Augen und grummelte *Kindergarta!*

Im Gang zur Holztreppe befand sich eine kleine Nische mit Waschtrog, Kaffeemaschine und zwei kleinen Holzbänklein. Dort trafen wir uns zum Znüni- und Zvieri-Kaffee.

Manchmal kam auch noch Vera vom Büro dazu. Lässig die Hüften im Minirock wiegend, stand sie vor uns, blies gekonnt den Rauch ihrer Marlboro gegen die Decke und tat, als ob sie unsere Blicke nicht wahrnehmen würde.

Wenn das Gerede und Gelächter nicht aufhören wollte, kam auch noch Herr Meng, der Abteilungsleiter der Buchbinderei im oberen Stock, ein paar Schritte die Holztreppe herunter, rief – wie Pölla – «Kindergarta!» und verschwand schnell wieder nach oben.

Ein besonders dankbares Objekt für unsere Spässe war Nino, einer der beiden Hilfsarbeiter. Von ihm wurde gesagt, dass er einmal auf der Kantonsschule war, jetzt aber nicht mehr «ganz», also psychisch nicht immer im Lot sei.

Trotzdem konnte er seine Arbeit machen, hatte Humor und verstand auch Spass. Manchmal hatte er jedoch «seine Tage». Dann lief er abwesend umher, schaute ab und zu an die Decke, als ob er etwas vorbeifliegen sähe, und schrie mit erhobenen Fäusten einem imaginären Feind seinen Frust entgegen.

Manchmal stand er mit verschränkten Armen neben mir, schaute bei der Arbeit zu und begann eine Diskussion über etwas, das ihn im Moment beschäftigte.

Kurt, etwa so gross wie ich aber um einiges leichter, mit nach hinten gekämmten, gelackten schwarzen Haaren, erinnerte mich an eine Comicfigur aus meiner Kindheit. Auch er hatte einmal Schriftsetzer gelernt, war jetzt aber zum Prokuristen aufgestiegen. Dass er immer noch etwas vom Satz verstand, zeigte er mir beim Umbruch der romanischen Zeitung «Casa Paterna». Mit Argusaugen überwachte er jeden meiner Handgriffe und reklamierte lautstark, wenn etwas nicht so gemacht wurde, wie er es für richtig hielt.

Der korrekte *Durchschuss* zwischen den Zeilen war ihm besonders wichtig. In seinem österreichisch gefärbten Bündnerdialekt tönte das dann so: «Tuan da noch was rein! – Nimm döt noch was raus. – Nei, nur einen Viertelpetit!* – Nei, das isch zuviel, hab i doch gesagt!»

Weil der Chef nicht Auto fuhr, holte Kurt ihn manchmal am Morgen in seinem langen, cognac-farbigen 1968-er Pontiac Parisienne zu Hause ab.

---

* Ein *Viertelpetit* ist eine ältere Bezeichnung für einen Zweipunkt-Durchschuss. Petit bezeichnete die Acht-Punkt-Schriftgrösse, und ein Viertel davon ergibt einen Zwei-Punkt-Abstand.

Am Morgen trafen wir Setzer und Drucker uns beim wellblech-überdachten Veloständer vor dem Geschäft und plauderten noch etwas, bis es Zeit war, mit der Arbeit zu beginnen.

Meist kam der Chef erst gegen neun Uhr ins Geschäft, doch ab und zu auch früher. Dann konnten wir zuschauen, wie Kurt mit seiner «Staatskarosse» von der Masanserstrasse her beim Rotlicht anhielt, über die Kreuzung fuhr, links abbog und vor unseren Augen den Chef aussteigen liess. Kurt genoss diesen Auftritt und benahm sich jedes Mal, als ob er ein Staatsoberhaupt ins Bundeshaus gefahren hätte.

Der Maschinensatz befand sich im oberen Stock neben der Buchbinderei, dem Laden, dem Chef- und dem Korrekturbüro.

Mit einem kleinen Aufzug wurden die neu gesetzten Zeilen in die Setzerei herunter gelassen, von uns in Empfang genommen und zur Abziehpresse getragen. Durch das Drehen der Handkurbel rollten erst die schwarz eingefärbten Walzen und danach das am Zylinder befestigte Papier über den Schriftsatz.

Das bedruckte Papier kam ins Korrekturbüro im ersten Stock, wo es von der Korrektorin nach Manuskript gelesen wurde. Nachdem der Maschinensetzer die korrigierten Zeilen neu gesetzt hatte, konnten wir sie im Handsatz austauschen und das Ganze für den Druck zusammenbauen.

Jochen, ein langjähriger, erfahrener Maschinensetzer, sass an der ersten der beiden Setzmaschinen beim Eingang. Und wie fast alle Kollegen, die sich zu dieser Art Arbeit weitergebildet hatten, ärgerte es ihn gewaltig, wenn er wegen einer einzigen Korrekturzeile ein mehrere Kilo schweres Schriftmagazin auswechseln musste.

Ein Magazin enthielt die Messing-Matritzen für nur eine Schriftgrösse einer einzigen Schriftart. Und weil immer mehrere Satzarbeiten mit verschiedenen Schriften und Schriftgrössen in Bearbeitung waren, musste Jochen mehrmals am Tag eines der vier Magazine von der Setzmaschine nehmen, ein anderes hinaufwuchten, die Korrekturen setzen und danach wieder wechseln.

Der bayrische Kollege Dieter war gleich alt wie ich. Ein grosser, kräftiger Mann von hundert Kilo und ein absoluter Fan von Bayern-München. Neben Fussball, sagte er, gebe es jedoch noch etwas anderes, das ihn besonders interessiere und worauf er hinarbeite. Er wolle mit vierzig die erste Million auf der Bank haben. Wie er das bewerkstelligen wollte, konnte er noch nicht genau sagen.

Eines Tages verkündete er, dass er sich zum Maschinensetzer weiterbilden wolle. Der Chef war einverstanden. Dieter absolvierte die Ausbildung und sass bald danach ein paar Meter entfernt von Jochen an der zweiten Setzmaschine.

Ich sehe ihn heute noch dort sitzen und schwitzen. Dieter hatte nie an einer Schreibmaschine gearbeitet. Was auch nicht viel ge-

Linotype-
Setzmaschine
(Deutsches
Museum)

nützt hätte, weil die Tastatur der Setzmaschine nicht fürs Zehnfin-gersystem angeordnet war.

Auch die Rechtschreibung war nicht ganz sein Ding. Soweit ich mich erinnere, dauerte es nicht lange, und Dieter suchte und bekam einen anderen Job. Als Abteilungsleiter ersetzte er meinen ehemali-gen Vorgesetzten im Bündner Tagblatt.

Als ich Dieter vor einigen Jahren zufällig traf, war er als Verkäu-fer von Druckmaschinen unterwegs. Auf meine Frage nach seiner ersten Million wurde er etwas verlegen, schob – wie schon damals – mit dem Zeigefinger die Brille gegen die Nasenwurzel und sagte, dass er Pech gehabt und eine Menge Geld in den Sand gesetzt habe.

ÖLFARBEN

Ein paar Monate fühlte ich mich in meinem Zimmer im Myrthen-weg wohl, doch dann geschah etwas, das die Vermieterin, die über mir wohnte, gegen mich aufbrachte.

An einem Sonntagabend ging es mir nicht gut. Ich hatte Kopf-schmerzen, fühlte mich schwach und kraftlos. Als ich in den Spiegel schaute, entdeckte ich im Gesicht und auf der Brust mehrere rote Punkte. Am nächsten Morgen war es noch schlimmer geworden. Mir war so übel, dass ich nicht zur Arbeit konnte.

Ich klopfte bei meiner Vermieterin an. Als die Frau die roten Punkte in meinem Gesicht bemerkte, zuckte sie zurück, erlaubte mir aber doch, ihr Telefon zu benutzten.

Ich nahm den Hörer vom schwarzen Wandtelefon, steckte den Zeigefinger in ein Loch der Wählscheibe und drehte Nummer um Nummer um Nummer ... Nachdem ich mich krankgemeldet hatte, begab ich mich wieder in mein Zimmer, legte mich ins Bett, zog das Deckbett bis übers Kinn und schlief ein.

Am nächsten Tag klopfte die Vermieterin an die Zimmertür. Aufgebracht warf sie mir vor, dass ich durch das Berühren des Telefons ihre Tochter mit den «Wilden Blattern» angesteckt habe.

Was genau passierte, dass ich von einem Tag auf den anderen den dringenden Wunsch verspürte, ein Bild zu malen, kann ich nicht sagen. Ich gab dem Gefühl nach, kaufte einen Malkasten mit Ölfarben und begann noch am gleichen Abend mit der Arbeit. Weil ich keine Leinwand hatte, nahm ich ein grosses Packpapier und faltete es ein paar Mal.

Nachdem ich mit dem Mischen der Farben etwas experimentiert hatte, entstand ein Gesicht, umrahmt von langen schwarzen Haaren. Der Geruch von Terpentin und Ölfarben breitete sich im ganzen Zimmer aus. Fasziniert von dem, was auf dem Papier entstand, malte ich weiter und weiter.

Als ich fertig war, sah ich ein rot-braunes, männliches Gesicht, das mich mit grossen, dunklen Augen und einem edlen, ja vornehmen Ausdruck, freundlich anschaute. Dieser Mann erinnerte mich an jemanden, den ich besonders gut zu kennen glaubte. Leider habe ich bis heute nicht herausgefunden, wer die Person war, die ich damals gemalt habe.

Im Frühling fand ich eine kleine, möblierte Wohnung in der Sägenstrasse. Stefan half mir mit seinem Minicooper beim Zügeln.

Zum ersten Mal hatte ich eine kleine Küche und einen Kühlschrank. Nach Arbeitsschluss konnte ich etwas einkaufen und musste nicht noch um zehn Uhr abends ein Restaurant aufsuchen, wenn ich Hunger hatte.

Vor der Durchreiche standen ein Tisch und zwei Stühle, rechts davon an der Wand das Bett und vorne beim Fenster, mit Blick auf den Calanda, ein Schreibtisch.

Wenn ich dann am Morgen durch Sägenstrasse und Welschdörfli zur Arbeit lief, regte ich mich jedesmal auf.

Weil es damals keine Katalisatoren gab und die Autos – wie auch heute noch – meist dicht gedrängt auf der Strasse standen, war die Luft so verpestet, dass ich nie ohne ein paar Abgas-Atemzüge bis zum Volkshaus kam.

Ich hasste die stinkenden Blechbüchsen richtiggehend, und das viele Jahre lang. Die Autoprüfung machte ich erst mit sechsunddreissig, als ich an der Migroltankstelle als Tankwart arbeitete. Doch das ist eine andere Geschichte.

Eines Tages beschloss ich, von meinem Fenster aus den Calanda zu malen. Als Unterlage nahm ich eine etwa A3-grosse gepresste Kartonplatte, skizzierte den Berg mit Kohle und versuchte, mit den Ölfarben die Stimmung einzufangen.

Ich malte mit Feuereifer. Nach einer Weile fiel mir auf, dass das Bild vor mir immer weniger Ähnlichkeit mit der Landschaft vor meinem Fenster aufwies. Doch das störte mich nicht, ich malte nach einer inneren Vorlage. Zum Schluss abstrahierte ich die Landschaft, indem ich mein Gemälde mit dunklen Linien in kleine Felder einteilte und auflöste.

Der Teil von Chur, den ich vom Fenster aus sehen konnte und auch so skizziert hatte, war zu einem kleinen Dorf geworden, ähnlich meinem Heimatdorf Dalin. Leider ist das Originalbild, das viele Jahre bei meinen Eltern über dem Kutschi an der Wand hing, bei der durch den Hausverkauf bedingten Räumung, entsorgt worden.

Nach etwa vier Monaten im Bleisatz spürte ich eine grössere Unzufriedenheit. Immer öfter musste ich an die neue Technik denken, die ich in Affoltern a.A. gelernt hatte.

Zu meiner Überraschung fand ich in den Fachzeitschriften jede Menge Stellenangebote für Schriftsetzer, die schon in der Filmsatz- oder Offsetmontage arbeiteten oder bereit waren, sich umschulen zu lassen. Und da Graubünden noch nicht soweit war, musste ich wieder ins Unterland. Nach Bern, Basel oder Zürich.

Ich beschränkte mich auf zwei Angebote, eines in Bern, das ander in Basel. Als erstes besuchte ich die Druckerei in Bern.

Als der Abteilungsleiter mir erklärte, dass ich in der Arbeitsvorbereitung arbeiten würde, wusste ich, dass ich vom Regen in die Traufe gekommen wäre. Nach genauen Vorgaben hätte ich Manuskripte für Inserate der grossen Zeitung anschreiben müssen. Schriftart, Breite, Grösse etc. So, dass die Maschinensetzer nur noch tippen mussten. Das war nicht das, was ich suchte. Nach kurzer Zeit sass ich wieder im Zug nach Hause.

Die Druckerei Gasser AG in der Näher der Heuwaage in Basel gefiel mir besser. Man bot mir an, mich zuerst ein paar Monate im Bleisatz zu beschäftigen und danach in die Offsetmontage einzuführen.

Das überzeugte mich. Ich erklärte mich einverstanden, unterschrieb die Anstellungsbedingungen und hatte auf den 3. September 1973 einen neuen Job.

IM UNTERLAND

BEI DEN BEBBIS

Am Morgen des 3. September 1973 laufe ich in Basel von der Rheinländerstrasse zur Druckerei Gasser um meinen neuen Job anzutreten.

Ich habe für den Weg eine halbe Stunde eingerechnet, brauche aber nur zwanzig Minuten. Ich habe kaum geschlafen, bin müde und angespannt.

Und ich weiss noch nicht, dass in dieser Druckerei nichts so laufen wird, wie versprochen und abgemacht.

Die Frau, bei der ich das Zimmer gemietet hatte, erinnerte mich an Frau Gredig, die «Hoteldirektorin» aus der Gäuggelistrasse in Chur. Meine Unterkunft war eines von mehreren vermieteten Zimmern innerhalb einer grossen Wohnung. In einem alten Haus mit einer knarrenden, teppichbelegten Holztreppe.

Wieder war ich allein an einem fremden Ort. Doch diesmal nur für kurze Zeit. Meine Freundin würde bald nachkommen. Dann wollten wir zusammen eine Wohnung mieten und zum ersten Mal zusammenleben.

Ich merkte bald, dass die Basler Kollegen nicht auf mich gewartet hatten. Im Gegenteil. Sie verhielten sich eher so, als ob ich gewaltsam in ihr Revier eingedrungen wäre.

Der «weiche» Baslerdialekt stand in einem seltsamen Gegensatz zu dem Ton, den sie mir gegenüber anschlugen. Erst als mir die «spitzen» Sketches, die an der Fasnacht in den Beizen vorgetragen wurden, einfielen, dämmerte es mir, dass die Stadt-Basler etwas kaltschnäuzig waren. Zwar weicher im Dialekt und nicht so rauh in den Äusserungen wie die Bündner, dafür aber von einer sprachlichen Kühle, die ich nicht gewohnt war.

Die ganze Atmosphäre in der neuen Druckerei erinnerte mich an die Woche in Magglingen, wo auch niemand auf mich gewartet hatte.

Vom ersten Tag und der ersten Arbeit an gab ich alles. Ich wollte zeigen, was ich konnte. Schon nach ein paar Tagen merkte ich jedoch, dass meine neuen Kollegen das nicht lustig fanden. Sie gaben mir zu verstehen, dass die Setzergilde in Basel anders funktionierte, als ich es von Graubünden her gewohnt war.

Leute, die schneller arbeiteten als die Kollegen, gefärdeten das gewerkschaftlich vereinbarte Leistungs-/Lohnverhältnis, liess man verlauten.

Zuerst nahm ich diese Andeutungen nicht ernst. Doch dann kam die Sache mit Chile.

Am elften September putschte in Chile das Militär gegen die demokratisch gewählte Regierung des sozialistischen Präsidenten Salvador Allende. Eine Militärjunta unter Führung von Augusto Pinochet übernahm die Regierung.

Das Thema wurde von den Kollegen tagelang erörtert. Man war empört über den Rechts-Putsch, empfand Mitleid und rief zu «Solidarität mit Chile» auf. Weil ich den Unterschied vom guten Sozialisten zum bösen Kapitalisten noch nicht verinnerlicht hatte, kam mir die Aufregung übertrieben vor. Deshalb rief ich eines Tages ironisch-spöttisch «Solidarität mit Chile!» durch die Setzerei.

Das war ein Fehler. Die Kollegen fühlten sich nicht ernst genommen. Plötzlich standen ein paar von ihnen um mich herum. Böse sahen sie mich an, fragten, ob ich den kapitalistischen Putsch in Chile etwa lustig fände.

Dass Arbeitgeber ausnahmslos Kapitalisten und Ausbeuter zu sein hatten war mir – obwohl auch Gewerkschaftsmitglied – noch nicht bewusst geworden. Da musste ich scheinbar noch etwas dazulernen.

Auch der Abteilungsleiter schien, trotzdem ich viel und schnell arbeitete, keine Freude an mir zu haben. Immer wieder bemängelte er Kleinigkeiten, die nicht der Rede wert waren.

Eines Tages besuchte der Geschäftsführer die Satzabteilung und unterhielt sich mit einem jungen Kollegen, der mir vom ersten Tag an aufgefallen war, weil er sich für jede Arbeit enorm viel Zeit liess.

Er bemühte sich – obwohl der junge Gewerkschafter ihn ignorierte – freundlich, ja fast unterwürfig, mit ihm ins Gespräch zu kommen. Es war kaum zu glauben. Scheinbar herrschten hier andere Gesetzte, als ich es gewohnt war.

Weil mir versprochen worden war, dass ich nach ein paar Wochen in der Offsetmontage angelernt würde, sprach ich den Geschäftsführer nach einem Monat darauf an.

Doch er und der Abteilungsleiter fanden alle möglichen Gründe, warum das noch nicht ginge. Als ich standhaft blieb und immer wieder auf die Abmachung hinwies, vertrösteten sie mich auf unbestimmte Zeit.

Es war November und kalt geworden. Auf dem Weg zur Arbeit und zurück in mein Zimmer an der Rheinländerstrasse erkältete ich mich so, dass ich an einem Abend fast vierzig Grad Fieber hatte. Angina, wie jedes Jahr.

Ich liege in meinem Zimmer, habe nichts zu essen und zu trinken und fühlte mich hundeelend. Trotz dem hohen Fieber stehe ich am anderen Morgen auf, kleidete mich an, laufe zur nächsten Telefonkabine und melde mich krank.

Auf dem Rückweg komme ich an einem Laden vorbei, wo ich das Nötigste einkaufen kann. Dann liege ich den ganzen Tag und die ganze nächste Nacht mit stechenden Halsschmerzen in meinem Bett in diesem schmalen, muffelig riechenden Zimmer.

Der Abteilungsleiter hatte am Telefon gesagt, dass er mir zur Kontrolle einen Krankenbesucher vorbeischicken werde. Den ganzen Tag wartete ich auf den Besuch dieses Mannes, der meine Anwesenheit im Zimmer bestätigen musste.

Und dann war es soweit. Der Krankenbesucher stand in meinem Zimmer, war freundlich, ja sogar mitfühlend.

Am dritten Tag ging es mir nicht besser. Ich schwitzte und hatte immer noch Halsschmerzen. Lange überlegte ich, ob ich mein Zimmer verlassen wollte, um etwas einzukaufen.

Doch dann siegte die Vernunft. Ich musste für mein Wohl sorgen. Als ich zurückkam, klebte ein Zettel an der Zimmertür. Der Krankenbesucher war noch einmal da gewesen, hatte mich nicht angetroffen und würde dem Geschäft melden, dass ich nicht mehr krank war. Also auf Kosten der Firma «blau» machte.

Als ich wieder arbeiten konnte, wurde alles noch schwieriger. Es gab ein Treffen mit dem Betriebs-, dem Abteilungsleiter und dem Krankenbesucher. Man beschuldigte mich, absichtlich und ohne stichhaltigen Grund, die Arbeit geschwänzt zu haben.

Immerhin durfte ich weiterarbeiten und wurde sogar in die Offsetmontage geschickt, wie im Vertrag vorgesehen. Dort beschäftigte man mich jedoch nur mit Aufräumarbeiten und dem Putzen von Montagefolien. Natürlich war das nicht das, was ich wollte. Ich musste noch einmal aufs Büro.

Im Claraspital

Inzwischen war ich nicht mehr allein. Ich hatte mein Zimmer gekündigt und für meine Freundin und mich eine schöne Zweizimmerwohnung in der Nähe gefunden.

Als wir dort einziehen konnten, schien alles gut zu werden. Am Abend holte ich sie von der Arbeit ab oder wartete, bis sie nach Hause kam.

Weil ich, wie vor Kurzem, in den letzten Jahren immer wieder Angina bekommen hatte, suchte ich einen Arzt auf. Er schlug vor, die Mandeln operativ zu entfernen.

Was heute eine Routineoperation ist und eigentlich auch damals schon hätte sein sollen, entwickelte sich zu einem Albtraum.

Am Tag der Operation im Claraspital wurde ich auf einer Liege durch ein paar Gänge gefahren. Irgendwann fixierte man die Räder, gab mir einen Schluck einer bitter schmeckenden Flüssigkeit, die ich eine Weile im Mund behalten sollte, und liess mich im Gang allein.

Ich lag und wartete. Wartete. Niemand kam. Ich versuchte, das Mittel nicht zu schlucken, weil ich richtigerweise dachte, dass es dazu diente, meinen Rachen für die Operation unempfindlich zu machen. Doch das wurde immer schwieriger. Und weil niemand gesagt hatte, wie lange ich die Flüssigkeit im Mund behalten musste, schluckte ich sie irgendwann.

Kurz darauf schob man mich in den Operationsraum. Ich musste mich auf einen Stuhl setzen, der aussah wie ein Folterstuhl. An Lehnen und Beinen waren breite Lederriemen befestigt, womit Hand- und Fussgelenke gefesselt wurden.

Der Arzt schob eine Vorrichtung zwischen meine Zähne, nahm das Skalpell in die Hand, führte es in meinen Hals und fing an zu schneiden. Im gleichen Moment wusste ich, dass der Stuhl wirklich ein Folterstuhl war.

Schon beim ersten Schnitt fährt blitzartig ein stechender Schmerz durch meinen Hals. Stöhnend bäume ich mich auf. Nur die Fesseln halten mich. Der Arzt macht weiter. Ich beginne zu schreien. Das Blut spritzt aus meinem Hals an den weissen Kittel des Operateurs. Die Assistentin hält von hinten meinen Kopf fest, weil ich ihn, um dem stechenden Schmerz auszuweichen, ständig hin und her werfe.

«Nehmen sie sich zusammen! So schlimm ist das nicht!», schreit der Arzt.

Doch es geht nicht, der Schmerz ist zu heftig. Durch das vielleicht zu frühe Schlucken der Betäubungsflüssigkeit hat die Narkose nicht gewirkt. Ich empfinde jeden Schnitt eins zu eins. Folter pur!

Und es will nicht aufhören! Durch mein Schreien und Aufbäumen hat der Arzt Mühe, an meine Mandeln zu kommen. Immer wieder muss er den Eingriff unterbrechen und warten, bis ich ruhig werde. Dann macht er den nächsten Schnitt. Ich schreie, er muss warten ...

Als die Operation endlich vorbei war, sah der weisse Arztkittel aus, als ob er mit roter Farbe besprüht worden wäre.

Mit Verachtung im Blick befreite mich die Assistentin von meinen Fesseln. In ihren Augen war ich ein Feigling, ein Jammerlappen. Wenn sie gewusst hätte, dass ich ohne Narkose operiert worden war, hätte sie mein Verhalten vielleicht anders eingeschätzt.

Als ich nach zwei Wochen wieder am Arbeitsplatz stand, fehlte der unfreundliche Abteilungsleiter. Seine Stellvertretung hatte der Korrektor übernommen, mit dem ich mich auf Anhieb verstand.

Durch meine Hilfsarbeit in der Offsetmontage lernte ich einen grossen, blonden, freundlichen Mann kennen: Eugen. Auch er übte nur eine Hilfsarbeit aus. Er montierte den ganzen Tag mit einer Doppelklebefolie Bilder in Form von Clichés auf Bleiklötze, die später in den Bleisatz eingebaut wurden. Nach dem Druck musste er die Clichés wieder ablösen, reinigen und versorgen.

Eines Tages trafen wir uns zufällig bei der Heuwaage zu einem Drink. Eugen erzählte mir, weshalb er im Moment diese Tätigkeit ausübte.

Von Beruf Damen-Coiffeur, hatte er gekündigt und wollte ein eigenes Geschäft eröffnen. Wegen dem Konkurrenzverbot war das jedoch in Basel längere Zeit nicht möglich.

Wir unterhielten uns über alles Mögliche. Ich erzählte ihm meine Geschichte, und weshalb ich in Basel war. Er von seinen Plänen, ein eigenes Geschäft zu eröffnen.

Dieses Treffen habe ich nie vergessen. Und eigentlich war ich nicht sehr erstaunt, als meine Frau mir ein paar Jahre später erzählte, dass Eugen in Chur ein Damen-Coiffeurgeschäft eröffnet habe.

Kaum war der alte Abteilungsleiter aus den Ferien zurück, stand ich wieder im Chefbüro. Als ich verlangte, dass ich, wie vertraglich vereinbart, endlich in der Film- und Offsetmontage ausgebildet würde, biss ich auf Granit.

Der Geschäftsführer stellte mich vor die Wahl: Im Bleisatz arbeiten wie bisher oder die Firma verlassen.

Ich war jung, ungeduldig, mit einem ausgeprägten Gerechtigkeitssinn ausgestattet und dachte nicht im Traum daran, mich erpressen zu lassen. Und so war ich bald darauf ohne Job, doch nicht ohne Hoffnung.

UNTER DER ERDE

Zu dieser Zeit empfand ich das Leben als Herausforderung und sah jede Menge Möglichkeiten, ein weiteres Abenteuer in Angriff zu nehmen.

Nachdem ich eine Zeit lang im Internet gesurft ... Äh nein, mehrere Zeitungen nach Stellenausschreibungen durchforscht hatte, stiess ich auf ein Angebot von Ciba Geigy. Die Arbeit war scheinbar anspruchsvoll, weil man fünf Stockwerke unter der Erde arbeitete.

Diese Tätigkeit hatte nichts mit meinem Beruf zu tun. Doch das interessierte mich im Moment nicht. Im Gegenteil, ich war – nach den schlechten Erfahrungen in der Basler Druckerei – froh, für einmal etwas anderes zu machen.

Ich stellte mich im Personalbüro der Ciba Geigy vor und bekam den Aushilfs-Job in der Forschungsabteilung. Ohne genau zu wissen, was für eine Art Arbeit ich machen musste, meldete ich mich kurze Zeit später zum Dienst.

Der Abteilungsleiter holte mich beim Eingang ab und zusammen fuhren wir mit dem Lift fünf Stockwerke in die Tiefe. Wir traten in einen grossen, von Neonröhren hell erleuchteten Raum, wo ein paar Frauen an Regalen standen, die vom Boden bis zur Decke mit runden Plastikbehältern gefüllt waren.

In diesem Raum würden ausschliesslich Raupen zu Forschungszwecken gezüchtet, erklärte der Abteilungsleiter. Meine Aufgabe sei es, das Gehäuse der Raupen zu reinigen. Und die angenagten, faulen Salatblätter müssten entfernt und durch frische Blätter ersetzt werden.

An jeder Wand standen etwa zehn Regale mit ungefähr vierzig Behältern. Man begann mit dem untersten Regal, arbeitete sich nach rechts bis zur Wand, nahm das nächsthöhere Regal, arbeitete sich nach links und so weiter. Im Grunde genommen die gleiche Vorgehensweise wie beim *Wellnen* oder *Strütschen* zu Hause auf dem Bauernhof.

Von acht bis zwölf Uhr und von dreizehn bis siebzehn Uhr. Am Morgen und am Nachmittag, wegen der Stockwerktiefe, eine halbe Stunde Pause. Fürs Mittagessen, das jeder selbst mitbrachte, eine Stunde.

Jeden Tag neun Stunden unter der Erde, das war ein harter Job. Trotzdem – oder vielleicht gerade, weil wir so tief vergraben arbeiten mussten – herrschte ein guter Teamgeist.

Der Abteilungsleiter bemühte sich, seine Arbeitsbienen bei guter Laune zu halten. Machte ab und zu die Runde, fragte nach dem Befinden, erzählte etwas und lockerte die Stimmung auf, wenn er sah, dass jemand Mühe hatte.

An einem Tag im Januar wurden wir Raupenzüchter ans Tageslicht geholt und mit dem Firmenbus auf die braunen Winterwiesen ausserhalb von Basel chauffiert. Dort bekamen wir die Aufgabe, die länglichen, gelben Blütenzapfen der Haselstauden zu pflücken, deren Blütenstaub man zu Forschungszwecken brauchte.

Ich kann mich erinnern, wie wunderlich es mir vorkam, dass mitten im Winter kein Schnee auf den Wiesen lag und *gschpässig*, dass die Haselstauden im Januar schon blühten.

Wieder in der Ciba Geigy angekommen, bekam ich einen speziellen Job. Ein Fliegenabwehrmittel wurde getestet. Mit Notizblock und Bleistift ausgerüstet sass ich vor einem grossen, durchsichtigen Behälter, in dem hunderte dieser Plagegeister herumflogen.

Für jede Fliege, die sich kurz auf die markierten Flächen mit den verschiedenen Abwehrmitteln setzte, musste ich einen Strich ma-

chen, was bei der Schnelligkeit mit der die Tierchen herumschwirr-
ten meine ganze Aufmerksamkeit erforderte.

Nach fast sechs Monaten in Basel und zwei Monaten Ciba Geigy
hatte ich genug von den Bebbis. Es zog mich wieder in die Berge.

Bei der Offsetausbildung in der Druckerei war von Anfang an
nichts so gelaufen wie gewollt und versprochen.

Die Raupenzüchterei war eine interessante Abwechslung gewesen und hatte meinen Horizont erweitert. Mehr Abenteuer brauchte
ich im Moment nicht.

Ich nahm mit Stefan, meinem ehemaligen Kollegen in der Druckerei Bischofberger, Kontakt auf. Und zufällig war wieder – oder
immer noch – eine Stelle für einen Schriftsetzer frei.

DAS LEBEN GEHT WEITER

Wieder im Bleisatz

Mitte Februar 1974 betrat ich zum zweiten Mal – mit einem Unterbruch von gut sechs Monaten – die Satzabteilung der Buchdruckerei *Bischofberger & Co. Buchdruckerei Untertor.* Ich nahm mir vor, diesmal länger zu bleiben.

Als Stefan erzählte, dass man sich bereits mit der Anschaffung einer kleinen Druckmaschine für die neue Technik beschäftigte, war ich begeistert und bereit, mich mit allem, was damit im Satz zusammenhing, auseinanderzusetzen.

Eines Tages stand eine Offsetdruckmaschine im Format A4 neben den Buchdruckmaschinen und wurde von Leo, dem Sohn meines ehemaligen Prüfungsexperten Kari Nutt, bedient – oder besser gesagt – betreut. Denn die kleine Maschine war etwas wie ein erstgeborenes Kind, mit dem die Eltern noch nicht umzugehen wussten.

Um ein kleines Plakat darauf zu erstellen musste es zuerst im Bleisatz gesetzt und in der Abziehpresse auf eine Spezialfolie gedruckt werden. Die Folie wurde unter einer Glasplatte auf eine beschichtete Offsetplatte gelegt und unter einer Lampe belichtet.

Die erste Lichtquelle war so schwach, dass es fast eine Stunde dauerte, bis die Druckplatte entwickelt werden konnte.

Bis im Satzbereich die Filmsatztechnik Einzug hielt, dauerte es noch länger. Vorerst stand ich wieder jeden Tag am Bleisatzregal wie schon bei der ersten Anstellung. Und auch wie in der Druckerei in Basel. Es brauchte Zeit und Geduld, bis die neue Technik Fuss fasste.

Die Pausen mit den Kollegen in der Kaffe-Nische sorgten immer noch für willkommene Abwechslung. Und ab zu, wenn wir zu laut wurden, hörten wir auch noch den Ruf «Kindergarta!».

Eines Tages winkte mich Stefan zum Hinterausgang, wo die schmale Betontreppe hinauf zum Veloständer und zur Strasse führte. Etwas weiter vorn befand sich das Café Pony.

Der erste Besuch dauerte nur kurz. Stefan sagte, dass das eine Ausnahme bleiben müsse. Doch dann gab es immer öfter Ausnahmen, und mit der Zeit wurden sie zur Regel.

Manchmal sassen wir zu dritt an der Bar im Café Pony. Bis dann eines Morgens plötzlich Emil auf der Tür stand.

Im Unterschied zum Abteilungsleiter in Affoltern am Albis setzte er sich zu uns, bestellte einen Kaffee, plauderte mit uns und tat, als ob alles in Ordnung wäre. Wir verstanden seine subtile Botschaft und mieden danach für längere Zeit den auswärtigen Kaffeegenuss.

Eines Tages kaufte ich ein Velo und fuhr damit jeden Morgen die Masanserstrasse entlang zur Arbeit in die Druckerei.

Weil ich noch keine Autoprüfung hatte, waren die Verkehrsregeln für mich nicht einfach zu durchschauen. Vor allem die Kreuzung Masanserstrasse/Quaderstrasse machte mir immer wieder Sorgen. Wenn die Ampel auf Grün schaltete und ich fahren wollte, kamen immer wieder Autos entgegen, die mir das Linksabbiegen verweigerten.

DIE NEUE TECHNIK

Nachdem ich in der Buchdruckerei *Bischofberger & Co. Buchdruckerei Untertor* etwa ein Jahr lang noch im Bleisatz Drucksachen erstellt hatte, wurde es wieder spannend. Der Offsetdruck wurde eingeführt. Der Satz – jetzt die Druckvorstufe – zügelte, zusammen mit dem Chefbüro, in die Fünfzimmer-Wohnung im zweiten Stock.

Das erste Zimmer neben dem Eingang rechts wurde zum Büro des Prokuristen, in dem daneben sass – mit Blick zur Tür, die immer offenstand – der Chef. Die beiden Zimmer geradeaus wurden für die Film- und Bogenmontage eingerichtet.

Im fünften Raum arbeitete Adolf, der Maschinensetzer aus Dornbirn. Statt auf der Setzmaschine erfasste er den Text jetzt auf dem Filmsatzsystem Linotype.

Wie ich schon erzählte, gab es verschieden begabte Maschinensetzer. Die einen tippten schnell, machten aber ziemlich Fehler. Andere waren langsam, mussten aber weniger Korrekturen machen.

Adi oder Dölf, wie wir ihn nannten, war eine Ausnahme. Er arbeitete schnell und machte erst noch besonders wenig Fehler.

Mein zweiter Ausbildner in der Lehre hatte eine spezielle Art an der Setzmaschine zu arbeiten. Beide Hände schwebten etwa zehn Zentimeter in der Luft und stachen dann – wie ein Adler, der senkrecht auf einen Fisch ins Wasser hinunterstürzt – auf die Tastatur hinab, wo die einzelnen Finger sich hoben und senkten wie bei einem Klavierspieler.

Adi arbeitete ganz anders. Mit schnellen Bewegungen – die Zigarette zwischen Ring- und Mittelfinger der rechten Hand – strich er liebevoll über die Tasten. Es sah fast aus, als ob er mit jeder einzelnen freundschaftlich verbunden wäre.

Ab und zu sog er an seiner Zigarette und liess, während er flink weiterarbeitete, den Rauch aus Mund und Nase durch den Raum schweben. Mit den Jahren unterschieden sich die cremefarben gestrichenen Wände deutlich von denen in den anderen Räumen.

In der schmalen *Spensa* stand die Entwicklungsmaschine mit Entwickler-, Fixier- und Wasserbad. Stefan hatte für die wöchentliche Produktion vom Bündner Bauer eine eigene kleine Linotype, mit der er einzelne Inserate selber setzen konnte. Wenn der Text belichtet war, öffnet er die Abdeckung, eilte mit der Kassette in die Dunkelkammer und schob sie in die Entwicklungs-Maschine. Das Papier lief durch Entwickler-, Fixier- und Wasserbad und fiel ein paar Minuten später in den Auffangbehälter. Danach konnte es mit der Schere geschnitten und die Inserate auf die Seiten montiert werden.

In der ehemaligen Küche, in der noch der gusseiserne Herd stand, befand sich die Reprokamera, der Plattenbelichter und der Trog, in dem die Offsetplatten entwickelt und gewässert werden konnten.

Weil niemand wirklich Erfahrung mit der neuen Technik hatte, war jeder Tag eine Herausforderung. Immer wieder mussten wir tüfteln, testen, verwerfen und neue Lösungen finden. Wir waren im wahrsten Sinn des Wortes Autodidakten.

Und weil ich als Einziger schon ein wenig Filmsatzerfahrung hatte, war ich der Scout, der den Pfad durch den unbekannten Urwald finden musste. Einer, der selbst noch sehr wenig wusste und jeden Tag wieder auf neue Probleme stiess.

Es war eine Art Dschungel, durch den wir uns kämpfen mussten. Was einst im Bleisatz nach genauen, seit Jahrhunderten bestehenden technischen Regeln gesetzt wurde und überall und unter allen Bedingungen funktionierte, musste nun – auf Papier oder Film belichtet – mit Schere und Skalpell geschnitten, geklebt und zu ganzen Seiten zusammenmontiert werden.

Davon machte man mit der Reprokamera ein Negativ, auf dem mit Pinsel oder Rotstift alles abgedeckt wurde, was nicht drucken sollte. Das bearbeitete Negativ wurde umkopiert und kam als Positiv auf den Montagetisch, wo es für die Bogenmontage fachgerecht *ausgeschossen* werden konnte.

Die fertige Bogen-Montage mit vier, acht oder sechzehn Seiten wurde im «Belichter» auf eine Druckplatte kopiert und die Offsetplatte – anfangs von Hand, später in einem Bottich – entwickelt, fixiert, mit Wasser gereinigt und mit einer Schutzschicht überzogen. Erst nach all diesen Schritten konnte der Offsetdrucker mit seiner Arbeit beginnen.

MALVERSUCHE

Den Geruch der Ölfarben, mit denen ich im Myrthenweg mein erstes Bild und in der Wohnung in der Sägenstrasse den Calanda gemalt hatte, konnte ich nicht vergessen.

Mit der Zeit hatte ich mehrere Bücher über berühmte Maler studiert. Die Expressionisten sprachen mich besonders an. Van Gogh, Kandinsky, Picasso, der Tiermaler Franz Marc. Die Auflösung der realen Formen in der Natur durch Formen und Farben bis zum Kubismus und später zur «Konkreten Kunst» à la Max Bill löste eine fiebrige Faszination in mir aus.

Anstelle von Leinwand besorgte ich mir Spanplatten, richtete im Zimmer, das noch leer stand, mein Atelier ein und begann aus dem Bauch heraus zu malen. Ein Farbenrausch aus Lichtern und Formen. Ich war überwältigt. Dann aber schnell gefrustet, weil meine Freundin meine Begeisterung nicht teilte. Ich tröstete mich mit dem Schicksal Van Goghs, dessen Genie ja auch erst spät erkannt wurde.

Züglete

Emanuel Kast, unser ehemaliger Korrektor im Bleisatz und Deutschlehrer in der Gewerbeschule, wohnte mit seiner Frau in der Dachwohnung vom Bischofberger-Haus. Als er starb und ein neuer Mieter gesucht wurde, fand ich, dass die Wohnung zu mir und der Frau passte, mit der ich inzwischen verheiratet war. Obwohl es uns schwer fiel die schöne, moderne Wohnung in der Saluferstrasse zu verlassen, entschlossen wir uns, das Experiment zu wagen.

Von da an konnte ich in den Hausschuhen über die alte Holztreppe hinunter zur Arbeit laufen. Zum Mittagessen und nach Arbeitsschluss wieder hinauf in die Wohnung.

Mit der Zeit merkte ich jedoch, dass ich während der Woche kaum noch aus dem Haus kam. Wenn sich die Kollegen nach der Arbeit verabschiedeten, mit ihren Velos wegfuhren, auf dem Weg zum Bahnhof Leute trafen und etwas erlebten, war ich nach drei Treppen in meiner Wohnung angelangt, ohne einmal frische Luft geschnappt zu haben.

Ein Problem war auch der Lärm der vielen Autos, die über die Kreuzung Masanser-/Quaderstrasse fuhren. Vor allem, wenn ich müde war und ausruhen wollte.

Die Lösung bestand darin, die Stube in das kleinere Zimmer neben der Küche zu verlegen. Das war ideal, weil es auf dem eisernen Balkon im Sommer kühl und schattig war.

ACRYLFARBEN, KOHLE UND FEUER

Für die grosse Stube fand ich anderweitig Verwendung: Sie wurde zu meinem Atelier.

Das klassische Malen mit Ölfarben, Leinwand und Stativ hatte ich aufgegeben. Ich erstand vier Holzböcke und legte zwei grosse Spanplatten darüber, was mir die Möglichkeit gab, frei mit Farben und Material zu experimentieren, ohne dass die Schwerkraft in der Senkrechten eine Rolle spielen und den Boden verunreinigen konnte.

Aus Dachlatten sägte, klebte und zimmerte ich einen Rahmen zusammen, spannte ein festes Baumwolltuch – im Vilan gekauft – darüber und machte es mit Bostitch-Klammern fest. Für die Grundierung nahm ich Gips, Holzleim und Wasser, mischte es zu einem Brei und strich diese Masse auf die Leinwand.

Was man heute in jedem Bau- und Hobbycenter findet, war damals nicht so einfach zu beschaffen. Acrylfarben gab es nur in kleinen Tuben. Weil ich aber mit einem Fassadenpinsel, mit Haushalt-, zerknülltem Zeitungspapier oder sogar mit den Händen die Farbe auf der Leinwand verteilte, war das zu wenig.

Deshalb kam ich eines Tages auf eine andere Lösung. Auf einer Abbruchbaustelle fand ich dicke, zerbröselte, orangenfarbene Dachziegel und Holzkohle. Mit dem Hammer zerkleinerte ich Ziegel und Kohle zu einem Pulver und mischte es mit Wasser und Leim. Mit dieser selbst hergestellten Farbe kreierte ich dann aus dem Bauch heraus in absoluter Schöpferbegeisterung abstrakte Bilder. Ich nahm Zeitungen, riss Formen heraus, klebte, übermalte mit Acryl, schnitt mit dem Messer, kratzte mit dem Schraubenzieher, zerkleinerte kleine Kohlenstücke darauf ... Bis mein Werk so aussah, wie ich es im Moment in meinem Inneren fühlte. Und weil mich Feuer schon während meiner Hüterzeit als Bergbauernbub fasziniert hatte, leerte ich zum Schluss noch ein paar Tropfen Benzin darüber und schaute zu, wie das kleine Feuer seine eigene Kreativität zu meiner hinzufügte.

Die Ränder der Zeitungsausschnitte waren nach dem Erlöschen der Flammen wunderbar braun-schwarz-wellig geformt. Man sah einzelne Worte, konnte aber keinen Zusammenhang erkennen. Genauso, wie ich es wollte. Nur wenn es am Schluss immer noch geheimnisvoll und nicht erklärbar war, war es mir gelungen, das «Nicht-Aussprechbare» auszudrücken, das ich in mir fühlte.

Wenn ich an so einer Schöpfung bis in die Nacht hinein gearbeitet hatte und am anderen Morgen bei Tageslicht in mein Atelier trat, empfing mich ein Bild, das sich – durch das Trocknen von Leim, Farbe und Wasser – nochmals verändert hatte.

Das war dann für mich das absolute Highlite. Es war schöner und aufregender als das Suchen und Finden der Osternester, als ich noch ein Bub war.

IM KUNSTHAUS

Drei Jahre reichte ich meine Bilder zur Jahresausstellung der Bündner Künstler ein. Und bekam jedes Mal eine Absage. Das schmerzte. Selbstzweifel und schwere innere Kämpfe waren die Folge. Doch immer wieder raffte ich mich auf und machte weiter.

Als es beim vierten Mal klappte, flippte ich fast aus vor Freude. Es war nur ein kleines Bild, doch es hing eine Zeit lang im Bündner Kunsthaus, mitten unter Werken bekannter Künstler. Das war, was zählte.

Beim nächsten Mal gab ich mir noch mehr Mühe. Ein ganzes Jahr lang experimentierte ich mit Gips, Leim, Kohle, Zeitungs- und Seidenpapier auf selbst grundiertem Sacktuch im Format 100 x 100 cm und kreierte abstrakte Bilder, die mich völlig faszinierten. Und scheinbar nicht nur mich.

Denn das Bild, das während der nächsten Jahresausstellung im Kunsthaus neben dem von Gaudenz Signorell an der Wand hängt, ist anderes als alle anderen. Durch das x-fache

Bilder, die 1978 in der Jahresausstellung der Bündner Künstler im Kunsthaus ausgestellt wurden.

Freiheit. Ein neueres Bild, am Computer «gemalt».

Hommage an die
«Konkrete Kunst»:
*Ausbruch eines roten
Quadrates.*

*Überarbeiten mit meinen bevorzugten Materialien sieht es
aus wie eine mit Gräben, Schluchten und Felsen durchzogene
farbige Karstlandschaft. Gaudenz – noch am Anfang seiner
Karriere – begutachtet mein Werk mit Verwunderung. Neben
seinem Bild lehnt ein Speer aus Holz an der Wand.
Ein Speer neben einem Bild? Das war aussergewöhnlich!*

Dieser Erfolg beflügelte mich und gab mir das nötige Selbstvertrauen, um weiterzumachen. Im nächsten Jahr wechselte ich von
den Materialexperimenten zur abstrakten – oder besser gesagt halb-
abstrakten – Malerei.

Ich kreierte Figuren mit quadratischem Kopf, mit Armen und
Händen wie Blumen und mit Beinen an denen sich Füsse spreizten,
die einem Neandertaler zur Ehre gereicht hätten.

Für mich war die Symbolik klar, doch ich glaube nicht, dass die
Betrachter meiner Bilder verstanden, was diese seltsamen Figuren
bedeuten sollten.

Ich laufe inmitten anderer Besucher durch die Jahresausstellung. Drei meiner Bilder hängen nebeneinander an der Wand. Dreimal ein Meter mit zwei Zwischenräumen. Einige Leute betrachten mein Werk und gehen weiter.

Eine ältere Dame bleibt neben mir stehen. Nach einer Weile sagt sie: «Seltsame Bilder ... Was sie wohl bedeuten? Eine Botschaft vielleicht?»

Ich sage nicht, dass ich die Bilder gemacht habe. Erst als die Frau sich verabschiedet, erkenne ich sie: Eine bekannte Künstlerin, deren lichtvoll-abstrakte Seidenpapier-Collagen mich schon seit Jahren verzaubert haben.

GOLDFINGER

Neben der Malerei gab es noch etwas anderes, was mich enorm interessierte. Die Selbstverteidigungstechnik mit der im Film Goldfinger James Bond und Pussy Galore einander abwechselnd im Reitstall ins Heu warfen.

In einer Buchhandlung entdeckte ich zwei Bücher über Budo-Sportarten. Besonders beeindruckte mich das Titelbild des einen, wo ein Karatemeister mit der blossen Hand einen flachen Stein zerbrach. Das zweite Buch zeigte anhand vieler Fotos und Beispiele Kampf- und Verteidigungstechniken von Judo und Jiu-Jitsu.

Es dauerte aber noch ein Jahr oder zwei, bis ich mich näher an die Sache herantraute. Es war die Zeit der Bruce Lee-Filme, und nachdem ich einige davon gesehen hatte, wollte ich herausfinden, ob an diesen Kampftechniken etwas dran war.

Eines Tages entdeckte ich ein Plakat, auf dem ein Budo-Meister Karate-Anfänger-Kurse anbot. Zusammen mit einem Kollegen, der sich von meiner Begeisterung anstecken liess, stand ich eines Abends mit anderen Anfängern in Charlies Dojo.

Als Erstes bekamen wir das Karategi. Weisse Jacke, Hosen und – als Anfänger – einen weissen Gurt. Charlie liess uns in einem

Kreis vor sich auf den Parkettboden sitzen und erzählte uns erst einmal die Geschichte seines Meisters Masutatsu Oyama und seiner Karate-Stilrichtung Kyokushin.

Nachdem sein Meister schon mit zwanzig den vierten Meistergrand erreichte, habe er sich mehrere Jahre in die Berge zurückgezogen um seine Technik und seinen seelisch-geistigen Fortschritt zu vervollkommnen. Nach seiner Rückkehr habe er – um seine Stärke zu beweisen – gegen Stiere gekämpft und sie besiegt, indem er ihnen mit der Handkante die Hörner abgeschlagen habe.

Nach dieser kurzen Einführung ging das Training los. Gemeinsame Faust- und Fussstösse, Abwehrtechniken in Reih und Glied. Jeder Stoss wurde von einem Kampfschrei begleitet, dem Kiai, der im Ernstfall den Gegner verwirren sollte. Danach kam das Vorwärts- und Rückwärtslaufen mit gespreizten Beinen, begleitet von Faust- und Fusstritten. Sowohl Angriffs- wie auch Abwehrtechniken wurden immer auf drei Ebenen ausgeführt: Zum Kopf, zum Körper und nach unten. Zwei Stunden hartes Training. Das war ich nicht gewohnt. Am nächsten Morgen fühlte ich mich wie nach dem Gewaltmarsch in der Rekrutenschule von Scuol ins Münstertal.

Nach ein paar Trainings gab es einen Härtetest für die Anfänger. Wir mussten uns in einer Reihe aufstellen, die Bauchmuskeln anspannen und Charlie verpasste jedem einen Karatestoss in die Magengrube. Wer standhielt, hatte den ersten Test bestanden.

Doch dann kam etwas, womit ich nicht gerechnet hatte. Oyamas Kyokushin war Vollkontakt-Karate, was bedeutete, dass in jedem Training eine Zeit lange frei gekämpft werden musste. Und zwar Jeder gegen Jeden. Weissgurte gegen Fortgeschrittene und sogar auch gegen Charlie, den Meister.

Mit Faust- und Fussstössen wurde aufeinander eingeschlagen. Die einzige Einschränkung bestand darin, dass der Kopf, das Gesicht, für die Fäuste tabu war. Nicht hingegen für die Füsse. Wenn man nicht schnell und stark genug deckte, bekam man ab und zu einen Fuss an den Kopf. Am meisten schmerzten jedoch die Lowkicks, die Beinschläge gegen die Oberschenkel.

Da meine Unterarme sich nach jedem Training vom Abwehren der Schläge blau, violett und danach gelb färbten, wurde mir schnell klar, dass Masutatsu Oyama und sein Schüler Charlie nicht lange meine Meister sein würden.

Immerhin hielt ich es vier Monate aus, und manchmal machte es mir sogar richtig Spass. Nämlich dann, wenn ich einen höheren Gurt im Kumite, dem Übungskampf, austricksen konnte.

Doch dann musste ich gegen einen Kämpfer antreten, der in Japan bei Oyama trainiert hatte. Von ihm wurde gesagt, dass er das harte Training dort nur durch das Einnehmen von Aufputschmitteln durchgestanden habe und täglich, um die Furcht vor dem KO zu verlieren, ins Land der Träume geprügelt worden sei.

Nach kurzem Kampf erwischte er mich mit einem Ushiro Geri, einem Rückwärtsfussstoss in die Magengrube. Ich bekam keine Luft mehr. Sofort war Charlie zur Stelle, hob mich hoch und schüttelte meinen Körper, bis ich wieder atmen konnte.

Nach diesem Vorfall wusste ich, dass diese Art Kampfsport nicht mein Ding war.

Judo

Bald darauf stand ich auf einer grünen Matte in einem Luftschutzkeller im Rheinquartier. Im Übungslokal des Judoklubs Chur.

Das Judogi, der Anzug der Judokas, besteht aus einer bis Mitte Oberschenkel reichenden Kutte aus dicker, hundertprozentiger Baumwolle. Das ist nötig, weil man sich für die Würfe mit beiden Händen am Kragen oder am Gurt fasst, zieht, zerrt und reisst, um den Gegner zu werfen, zu würgen oder zu hebeln.

Das Judo-Training war auch anstrengend, hatte allerdings den Vorteil, dass man keine Schläge einstecken oder austeilen musste.

Nach Einlaufen und Aufwärmübungen musste ich erst etwas lernen, was zur Grundausrüstung eines jeden Judoka gehört: Falltechnik. Bei einem Wurf auf die Matte wurde im Moment der Landung mit dem Arm «abgeschlagen». Dadurch reduzierte sich die Aufprallenergie, weil sie auf die ganze Körperseite verteilt wurde.

Beim Üben der Judotechniken mit einem Partner wird der Ausführende oder Angreifende als Tori und das Opfer oder der Leidende als Uke bezeichnet. Uke wird als Übungsobjekt benutzt, geworfen, gehebelt und gewürgt, bis er als Zeichen der Aufgabe mit der flachen Hand auf den Boden oder ans Judogi von Tori klopft. Natürlich ist jeder abwechselnd einmal Tori und Uke.

Jedes Judo-Training beinhaltet die Übungsform des Bodenrandori, ein freier, spielerischer Übungskampf, bei dem die Partner immer wieder gewechselt werden. Jeder kämpft mit Jedem.

Nach ein paar Balgereien mit Anfängern, wie ich einer war, geriet ich an eine Frau. An ihrem braunen Gurt, der letzten Stufe vor dem schwarzen Meistergrad, konnte ich erkennen, dass sie schon sehr fortgeschritten war. Wie weit, würde ich gleich erfahren.

Sie stürzte sich auf mich, drehte, packte, würgte und hebelte mich mit solch einer Schnelligkeit, Technik und Kraft, dass ich mir vorkam wie eine Maus in den Fängen einer wilden Katze. Ich hatte nicht die geringste Chance, fühlte mich schrecklich erniedrigt und massiv in meinem männlichen Stolz verletzt.

Nach diesem Erlebnis beschloss ich, so oft und hart zu üben, dass mich auf der Matte nie wieder jemand – und schon gar keine Frau – auf diese Art dominieren konnte.

Ein Jahr lang trainierte ich dann bis zu vier Mal in der Woche im Zivilschutzkeller des Judoklubs und lernte mit Feuereifer Würfe, Hebel und Würger anzuwenden. Weil der Kampf immer im Stehen begann, meine Stärke aber im Bodenkampf lag, versuchte ich jeweils, den Gegner so schnell als möglich auf die Matte zu zwingen.

Im Gegensatz zum Schwingen und Ringen ist im Judo die Position auf dem Rücken keine Verlierer- sondern eine Verteidigungsstellung. In dieser Stellung gelang es mir immer wieder, meine Gegner mit einem Armhebel zur Aufgabe zu zwingen.

Einmal wurde ich von einem Schwarzgurt mit einem perfekten Schulterwurf überrascht. Innert einem Sekundenbruchteil flog ich durch die Luft und landete sauber geführt auf der Matte. Das Gefühl, das ich bei diesem «Flug» empfand, war so grossartig, dass ich es bis heute nicht vergessen habe.

Besonder schwierig war der Übungskampf mit einem fünfzehnjährigen Schüler, der – im Gegensatz zu meinen zweiundsiebzig Kilos – deren hundert auf die Waage brachte und sein Gewicht mit Vorliebe dazu benutzte, mich platt zu walzen.

Ju-Jitsu

Nach einem Jahr Judo fühlte ich das Bedürfnis nach Abwechslung. Ich schielte immer öfter in den Nebenraum, wo Ju-Jitsu trainiert wurde. In dieser Disziplin wurde nicht gekämpft, auch nicht übungshalber während dem Training. Man benutzte Techniken, die ich vom Karate und Judo her kannte: Faust- und Fusstritte, Würfe, Hebel und Würgetechniken, aber auch solche, die nur im Ju-Jitsu vorkamen.

Eines Tages beschloss ich, auch noch Ju-Jitsu-Unterricht zu nehmen. Das war dann die Budo-Disziplin, die der Szene mit James Bond und Pussy Galore am ehesten entsprach.

Im Ju-Jitsu gab es ganz fiese, schmerzhafte Techniken, die jeder Uke im Training auszuhalten hatte. Ein Stadtpolizist ist mir besonders in Erinnerung geblieben, weil er in der Rolle des Tori die Qualen des Übungspartners genüsslich auskostete, als leidender Uke aber sichtbar ungern litt.

Die Freude an Budo-Sportarten habe ich bis heute nicht verloren. Ich schaue immer noch gerne Aktion-Filme mit realistisch gemachten, spannenden Kampfszenen. Natürlich fiebere ich immer mit dem Helden mit und freue mich, wenn es uns gelingt, die Bösen ins Land der Träume oder ins Jenseits zu befördern.

KIND, KATZE UND VÖGEL

Was ich seit meinem Wegzug von zu Hause oft vermisste, war ein Haustier. Auf dem Bauernhof hatten wir neben dem Vieh noch Schafe, Hühner, Schweine und eine Zeit lang auch zwei Geissen. Und natürlich immer mehrere Katzen und einen Hund.

Meist *jüngelten* die Katzenmütter in der Stube hinter dem Specksteinofen, wo Mama ihnen in einer grossen Kartonschachtel mit alten Decken ein Nest gemacht hatte.

Wenn dann eines Tages ein dünnes, klägliches Miauen ums andere zu hören war, freuten wir uns, dass die Katze Mutter geworden war und wir ein paar Tier-Geschwister erhalten hatten.

Nach etwa zwei Wochen öffneten sich langsam die Augenlider. Zuerst nur einen Spalt breit, dann immer weiter, bis die Kätzchen damit frech und neugierig die Welt um sich herum erkundeten, in der Stube herumtollten, sich jagten, kämpften, die Katzenmutter angriffen und uns jeden Abend ein wunderbares Schauspiel boten.

Ich höre heute noch das vergnügte Lachen von Mama, wenn sie mit ihnen spielte. Das Cabaret, das die Kätzchen veranstalteten, war bessere Unterhaltung als jedes heutige Fernsehprogramm.

In den meisten Mietwohnungen waren Hunde und Katzen nicht erlaubt. Deshalb kaufte ich zwei Wellensittiche, einen blauen und einen gelben. Den Käfig stellte ich in der kleinen Stube auf ein Gestell neben der Balkontür.

Schon früh am Morgen war dann ab zu ein feines Zwitschern, Schnalzen und Schnarren zu hören, das sich einige Zeit später zu einem regelrechten Konzert auswuchs. Während die kleinen Viecher assen, bzw. knabberten, liessen sie immer wieder das Verdaute zu den leeren Körnerhüllen auf den Käfigboden fallen.

Das Ausmisten gab nicht so viel Arbeit wie das beim Hüten auf Pranzolas mit den Galti, doch im Verhältnis zu ihrer Körpergrösse produzierten sie doch erstaunlich viel Abfall.

Eines Tages kam ich von Dalin mit einer jungen Katze nach Hause. Um die beiden Wellensittiche vor ihrem Zugriff zu schützen, hängte ich den Käfig an einem Hacken an die Holzdecke, wo der Kater sie unmöglich erreichen konnte.

Tigi schaute längere Zeit zum Käfig hinauf, bewegte den Schwanz hin und her, tat vorerst aber, als ob er kein grösseres Interesse an den Beiden hätte. Doch dann sass er immer öfter lauernd auf der Coutch. Sein Kiefer zuckte unkontrolliert, während die Sittiche aufgeregt zwitschernd von einer Stange zur anderen hüpften.

Als wir eines Tages nach Hause kamen, lag der Käfig am Boden. Die Katze war nirgends zu sehen. Der ganze Inhalt, Sand und Körner, war auf dem Boden verstreut.

Die beiden Sittiche hatten den Angriff überlebt. Mit aufgeplusterten Federn sassen sie auf der Holzleiste über der Balkontüre und beäugten misstrauisch den jungen Mann unter ihnen, ohne zu wissen, dass er für ihre Aufregung verantwortlich war.

Es gab aber noch ein anderes Problem. Tigi, auf dem Bauernhof geboren, war weit davon entfernt, sich dem räumlich beschränkten Revier einer Wohnung anpassen zu können. Eines Tages rannte er jaulend von meinem Atelier in die kleine Stube und sprang auf die schmale eiserne Balkonbrüstung. Dort konnte er nur mit Mühe das Gleichgewicht halten. Ich sah ihn schon unten auf dem Asphalt neben der Druckerei liegen.

Immer öfter verrichtete Tigi sein Geschäft dann nicht mehr im Kistchen. Eines Tages war mein Deckbett nass, dann das meiner Frau. Und als wir an einem Abend vom Kino nach Hause kamen, setzte sich der junge Kater demonstrativ mit gespreizten Beinen in die Ecke neben der Schlafzimmertür und verzierte den alten Parkettboden mit verdauter Katzennahrung.

Zuhause in Dalin hatten die Katzen, vor allem im Winter, wenn es kalt war, keine Lust ins Freie zu gehen. Dann musste Mama manchmal ihre «Abfälle» entsorgen, die sie in einem Winkel der Stube oder mit Vorliebe unter dem warmen Ofen liegen liessen. Ich höre sie noch schimpfen und zettern, wenn der üble Geruch uns Buben aus der Stube trieb. Zur Strafe, und um ihnen das abzugewöhnen, steckte sie die Täter mit der Nase voran in ihre eigenen stinkenden Häufchen. Ob es genützt hat, weiss ich nicht. Tigi liess sich auf jeden Fall nicht davon beeindrucken.

Während dieser Zeit war meine Frau schwanger. Als es soweit war, und sie nach zehn Tagen mit unserem Sohn nach Hause kam, hatte Tigi ein zusätzliches Problem. Jetzt war er eifersüchtig auf das kleine Wesen, das nun unsere ganze Aufmerksamkeit erforderte.

Als er eines Tages fauchend in den Kinderwagen sprang, als ob unser Sohn ein feindlicher Kater wäre, war das Mass voll. Tigi kam wieder auf den Bauernhof.

Mama freute sich und sagte, er wäre nun die liebste Katze, die sie je gehabt habe. Wahrscheinlich war der junge Kater dankbar und überglücklich, wieder zu Hause zu sein. Doch leider dauerte sein Glück nur kurz.

Eines Tages war Tigi verschwunden. Das war früher schon mit anderen Katzen passiert. Meist wurden sie wohl vom Fuchs geholt, aber ganz sicher war man nicht.

Im neuen Kuhstall konnte dank der Heubelüftung auch nicht ganz trockenes Heu abgeladen werden. Ein starker Ventilator blies Luft durch einen Kanal am Boden, die das Heu nach und nach trocknete.

Tigi musste in die Röhre gelangt sein, bevor sie von der ersten Wagenladung Heu zugedeckt wurde. Danach war der Ausgang versperrt. Als man ihn nach mehreren Wochen durch Zufall entdeckte, war er noch am Leben. Dass er so lange Zeit ohne Nahrung und Wasser überlebt hatte, war ein Wunder.

Doch es war zu spät.

Tigi war bis auf die Knochen abgemagert und so geschwächt, dass er von seinem Leiden erlöst werden musste.

Nachwort

Fünf Jahre ist es her, seit ich mit dem Schreiben begonnen habe. Mein erstes Buch «Ein Bergbauernbub am Heinzenberg» wurde auf Anhieb ein Erfolg. Viele Leute haben es gekauft, gelesen, an Bekannte und Freunde weitergegeben und tun es immer noch. Es ist beinahe ein Klassiker geworden.

Das vorliegende Buch «Vom Bauernbub zum Jünger Gutenbergs», in dem ich meine «Transformation» vom Bauernbub zum Schriftsetzer und die ersten Jahre in dieser völlig anderen Welt beschreibe, hat wenig Leser gefunden.

Vermutlich, weil ich für die Heinzenberger und all die Bekannten aus der Kindheit als «Jünger Gutenbergs» nicht mehr «sicht-» und «fassbar» war.

Anlässlich der «Lange Nacht der Kirchen» am 2. Juni 2023 lud mich Lisa Lanicca ein, in der Kirche Sarn aus dem «Bergbauernbub» vorzulesen. Aber nicht nur. Lisa erlaubte mir, auch noch zwei Episoden aus meinem Buch «Balkon zur Strasse» vorzutragen. Ich wollte den Leuten zeigen, wie ich heute, über sechzig Jahre nach meiner Zeit als Bergbauernbub «ticke». Es dürfte den Zuhörern allerdings schwer gefallen sein, die beiden Geschichten im Stil des *Magischen Realismus**, wo plötzlich Benedikt Fontana und später auch noch Jörg Jenatsch auf meinem Balkon erscheinen, mit dem Bergbauernbub in Einklang zu bringen.

Vielleicht sind meine Romane «Schatten der Vergangenheit», der Thriller «Nano Kontrolle» und der Roman «Max und die Liebe» leichter zugänglich.

---

* Magischer Realismus ist ein Stil der Fiktion und des literarischen Genres, der eine realistische Sicht auf die moderne Welt zeichnet und gleichzeitig magische Elemente hinzufügt.

SCHATTEN

HANS CAPADRUTT

DER VERGANGENHEIT

ROMAN

HANS CAPADRUTT

BALKON zur STRASSE

WENN DER ALLTAG MAGISCH WIRD

H. CAPADRUTT

NANO

WER OHNE SÜNDE IST ...

KONTROLLE

THRILLER / KRIMI

Max
und *die*
Liebe

ROMAN

hancap@gmx.ch